ちくま学芸文庫

読んでいない本について堂々と語る方法

ピエール・バイヤール

大浦康介 訳

筑摩書房

目次

Ⅲ 心がまえ

私は批評しないといけない本は読まないことにしている。
読んだら影響を受けてしまうからだ。

オスカー・ワイルド

略号一覧

〈未〉ぜんぜん読んだことのない本
〈流〉ざっと読んだ（流し読みをした）ことがある本
〈聞〉人から聞いたことがある本
〈忘〉読んだことはあるが忘れてしまった本
◎　とても良いと思った
○　良いと思った
×　ダメだと思った
※　ぜんぜんダメだと思った

読んでいない本について堂々と語る方法

序

私は本というものをあまり読まない環境に生まれた。私自身、本を読むことがそれほど好きなわけではないし、読書に没頭する時間もない。そんな私がよく、読んだことがない本について意見を述べないといけないという苦しい立場に身をおく羽目になる。

私は大学で文学を教えているので当然といえば当然かもしれない。多くの本についてコメントさせられるからである。しかもその大半は開いたことすらない本なのだ。もちろん読んでいないといえば、私の講義を聴く学生たちも同じである。しかしたまに読んでいる学生もいる。そしてそんな学生が一人でもいたら要注意である。講義の最中にいつなんどき窮地に立たされるか分からないからだ。

しかも私は自分でも本や論文を書いていて、それは基本的に他人の本や論文に関するものなので、そこでも紹介やコメントをしなければならない。これは口頭でやるより厄介だ。口頭でなら不正確なことを言っても問題にはならないが、書いたものは形に残るし、正しいかどうかをチェックすることもできるからである。

こうした状況に何度も身をおくにつれて、私は、この〈読まずにコメントする〉という経験について論じてみるのも悪くないかもしれない、そしてそうするのに自分は案外適任者かもしれないと思うようになった。何かを本格的に教えるとはいわないまでも、少なくともこの経験を掘り下げ、これについて考察を加えることくらいはできるのではないかと思ったのである。ただ、これはタブー視されている主題である。この種の考察はいくつもの禁忌を破ることではじめて可能になる。

＊

〈読まずにコメントする〉という経験について語ることは、たしかに一定の勇気を要することである。本を読まないことを称揚するテクストがほとんど見当たらないのは理由のないことではない。読書をめぐっては、暗然たる強制力をもつ規範がいくつもあって、それが私がここで扱おうとしている問題に正面から取り組むことをむずかしくしているのである。なかでも以下の三つの規範は決定的である。

第一は、読書義務とでも呼ぶべき規範である。われわれはいまだ読書が神聖なものと見なされている社会に生きている（こうした社会が滅びようとしていることも事実だが）。もちろん本なら何でもいいというわけではないし、どんな本が神聖化されるかは社会階層にもよるが、神聖とされる本に関するかぎり読んでいないことは許されない。読んでいないとなれば人に軽んじられるのは必至である。

第二は、第一の規範に似て非なる規範、すなわち通読義務とでも呼ぶべき規範である。これによれば、本というものは始めから終りまで全部読まなければならない。飛ばし読みや流し読みは、まったく読まないのとほとんど同じくらいよくないことであり、とりわけそれを口外してはならない。このため、プルーストの作品は全部は読んでいない、ざっと目を通したことがあるだけだ、などと文学を専門とする大学教師がみずから認めるということはまず考えられない。ところが実際は彼らのほとんどがその程度しか読んでいないのだ。

第三は、本について語ることに関する規範である。われわれの文化が暗黙の前提としているもののひとつに、ある本について多少なりとも正確に語るためには、その本を読んでいなければならないという考えがある。ところが、私の経験によれば、読んだことのない本について面白い会話を交わすことはまったく可能である。会話の相手もそれを読んでいなくてかまわない。むしろそのほうがいいくらいだ。

もっというと、これは本書で少しずつ明らかにしていくつもりだが、ある本について的確に語ろうとするなら、ときによっては、それを全部は読んでいないほうがいい。いや、その本を開いたことすらなくていい。むしろ読んでいては困ることも多いのである。ある本について語ろうとする者にとっては、とくにその内容を説明しようとする者にとっては、その本を読んでいることがかえって弊害を招くこともあるのだ。このことを私は本書で何度も力説するはずである。この弊害を人は軽視しがちなのである。

＊

義務や禁止からなるこの規範の体系は、結果として、人々のうちに読書に関する偽善的態度を生み出した。人がほんとうに本を読んでいるかどうかを知るのはむずかしい。私的生活の領域で、金銭とセクシュアリティーの領域は別として、この読書の領域ほどたしかな情報を得るのがむずかしい領域はないように思われる。

学者のあいだでは、上記の三つの規範のせいで、嘘をつくのは当り前になっている。本が重んじられる世界であればこそ、嘘も横行するというわけだ。私はたいした読書家ではないが、それでもある種の本のことはよく知っているので——ここでも念頭にあるのはプルーストだが——、同僚が会話のなかでその種の本を話題にするときには、彼らがそれを本当に読んでいるかどうかは判断できる。そして私の見るところ、彼らが本当に読んでいることはまれである。

こうした嘘は、他人にたいする嘘である前に、おそらく自分自身にたいする嘘である。自分の業界で必読書とされている本を読んでいないと自分自身にたいして認めることは、それほどむずかしいことなのだ。また、これは読書の領域に限ったことではないが、過去を自分の都合のいいように再構成する人間の能力というのはそれほど高いのである。

本を話題にするとき、ついつい誰もがついてしまうこの嘘は、本を読まないことに重くのしかかるタブーと、その根底にある、おそらく幼年期に由来する一連の不安が形を変えて現われたものである。したがって、こうした状況から首尾よく脱するためには、ある種の本を読んでいないと打ち明けることにともなう無意識の罪悪感を分析することが不可欠である。本書がめざしているのは、このやましさを部分的にせよ解消することである。

*

読んでいない本とそれにたいするコメントについて考えることは容易ではない。そもそも「読んでいない」とはどういうことなのかよく分からないからだ。「読んでいない」という概念は、「読んだ」と「読んでいない」とをはっきり区別できるということを前提としているが、テクストとの出会いというものは、往々にして、両者のあいだに位置づけられるものなのである。

注意ぶかく読んだ本と、一度も手にしたことがなく、聞いたことすらない本とのあいだには、さまざまな段階があり、それらはひとつひとつ検討されなければならない。「読んだ」とされる本に関しては、「読んだ」ということが正確に何を意味しているかを考えるべきである。読むという行為はじつにさまざまでありうるからだ。反対に、「読んでいない」といわれる本の多くも、われわれに影響を及ぼさないではおかない。その本の噂などがわれわれの耳に入ってくるからである。

「読んだ」と「読んでいない」とのあいだのこの不確かさを突き詰めると、そもそもわれわれは書物とどんな付き合いをしているかという、より一般的な問題に行き着く。本書の目的は、読んでいない本についてコメントを求められるという、この厄介なコミュニケーション状況に対処するテクニックを提案することだけでなく、そうした状況の分析にもとづいて、ひとつの読書理論を構築することでもある。本書では、一般に人がいだく理想的な読書のイメージとは裏腹に、読書行為に見られるある種のあいまいさ、いい加減さ、意外性などに注目することになるだろう。

＊

以上の点からおのずと本書の構成が導かれる。

まず第I部では、「読んでいない」という状態をいくつかの段階に分けて考察したい。この状態は、先述したように、本をたんに開いたことがないという状態だけを指すわけではない。ざっと読んだ本、人から噂を聞いたことがある本、読んだが忘れてしまった本なども、程度の差はあれ、「読んでいない」本という、この非常に広いカテゴリーに入るのである。

第II部は、われわれが読んでいない本について語らされる羽目になる具体的な状況の分析に当てられる。人生というのは残酷で、われわれをしばしばそのような状況に陥れるが、ここでは無数にある事例を網羅的に取り上げることなどもちろんできない。それでも、いくつかの示唆に富む事例――なかには私の個人的経験からとったものもあるが、そのことは伏せてある――を検討することで理論化の糸口としたい。

第III部はもっとも重要な部分、本書を書く動機となった部分である。そこにはさまざまな人生の場面で役立つ一連のシンプルなアドバイスが記されている。これらのアドバイスは、読んでいない本についてコメントさせられる人間が、そうしたコミュニケーションの問題をできるだけ上手に解決できるようにすること――さらにはそういう状況を逆手にとって活用できるようにすること――を目的としている。それが同時に、読書行為について掘り下げて考える一助にもなればと思う。

＊

先に述べたように、本について語るときに人はしばしば真実を曲げるといった奇妙な態度をとるが、私が自分の立場を徹底させようとするなら、この面でも新機軸を打ち出すのが道理だろう。つまり、私自身が本について語るときの語りかたを、そこで使う言葉にいたるまで思いきって変える必要があるだろうと思われる。

そこで私は、「読んだ本」という一様であまり当てにならない概念に抵抗するため、私が本書で引用ないしコメントするすべての本に関して、その本を私が個人的にどの程度知っているかを、脚注で、略号を用いて示すことにした。[1] 一般に著者というものは、脚注で、自分が読んだとする本について書誌情報などを示すのが慣わしである。私の略号表示はそれを補足するものだが、私自身の例が示すように、著者はじつは

1　使用した四つの略号については第I部の四章で説明するつもりだが、〈未〉はぜんぜん読んだことのない本、〈流〉はざっと読んだ（流し読みをした）ことがある本、〈聞〉は人から聞いたことがある本、〈忘〉は読んだことはあるが忘れてしまった本を指す（巻頭の略号一覧を参照のこと）。一冊の本にたいして複数の略号を付ける場合もある。また、略号表示をするのは、その本にはじめて言及するときだけである。

往々にして自分がよく知りもしない本に言及しているのである。私が、ある本にふれるたびに、それをどの程度知っているかを明示するのは、読書についてのまちがったイメージを払拭するためである。

本書では、これに加えてもうひとつ別の種類の略号も用いられている。こちらは、私が本書で言及する本について下す評価を表わす略号である。[2] もちろん、それらの本を読んでいる場合も、読んでいない場合もある。私は、本は前もって読んでいなければ評価できないとは思っていない。私の考えでは、よく知らない本や、聞いたことのない本についても、評価を差し控える理由はまったくない。

この新しい表記方法――私はこれがいつか広く採用されることを望むものだが――を私が編み出したのは、次のことをいつも心に留めておいてほしいと思うからである。すなわち、われわれが書物と取り結ぶ関係は、一部の批評家が信じさせようとしているような連続的で均質的なプロセスでも、われわれ自身についての透明な認識の場でもなく、切れぎれの思い出がつきまとう漠とした空間だということである。その価値は、創造的な価値も含めて、この空間に行き交う、輪郭のあいまいな亡霊たちにあるのだ。

2　使用した略号は、◎（とても良いと思った）、○（良いと思った）、×（ダメだと思った）、※（ぜんぜんダメだと思った）の四つである（巻頭の略号一覧を参照のこと）。

I

未読の諸段階

（「読んでいない」にも色々あって……）

I-1

ぜんぜん読んだことのない本

大事なのは、しかじかの本を読むことではなく（それは時間の浪費である）、すべての書物について、ムージルの作中人物がいう「全体の見晴し」をつかんでいることであるという話。

「読まない」にもいろいろある。もっともラディカルなのは、本を一冊も開かないことだろう。ただこの完璧な非読状態というのは、全出版物を対象として考える場合、じつは近似的にはすべての読者が置かれた状態であって、その意味では書物にたいするわれわれの基本的スタンスだといえる。たしかに、どれほど熱心な読書家であっても、存在するすべての書物のほんの一部しか読むことはできない。したがって、話すことも書くことも一切しないというのでないかぎり、つねに読んだことのない本について語らされる可能性があるのである。

この立場を極限まで押し進めると、本はいっさい読まないが、それでいて本を知らないわけでも、本について語らないわけでもないという、完全非読派の究極例が得られる。それがムージルの小説『特性のない男』[1]に出てくる図書館司書のケースである。この司書は、小説では副次的人物にすぎないが、読書についてラディカルな考えをもち、それをすすんで理論化しようとしているという点で、われわれにとっては重要人物である。

*

小説で設定されている時代は前世紀初頭、場所はカカーニエンと呼ばれる国である。カカーニエンとは、オーストリア＝ハンガリー帝国を諷した言い換えにほかならない。そこでは、まもなくやって来る皇帝の誕生日をそれにふさわしい形で祝い、これを機に世界に向けて人類救済の模範を示そうという「平行運動」と称する愛国的運動が起こっている。

1 〈流〉〈聞〉◎

「平行運動」の責任者たちは滑稽な操り人形として描かれており、こぞって「救済的思想」とやらを追い求めているものの、大言壮語を並べたてるだけで、それがどのようなものであるのかも、どうやって他国で救済的役割を果たしうるのかも、ひとつも分かっていない。

その責任者のなかでももっとも滑稽な人物の一人として描かれているのがシュトゥム将軍（シュトゥムはドイツ語で「口のきけない」の意）である。彼は人より先にこの救済的思想を見つけ出し、それを自分の愛する女性ディオティーマに贈ろうと考えている。ディオティーマも「平行運動」の中核メンバーの一人である。

「君も憶えているでしょうが、わたしは、ディオティーマさんが探している例の救済的思想とやらをあのひとの足許に捧げようと心にきめたのです。ところが、ご覧の通り、重要な思想というのはわんさとあります。でも、いずれ一番重要な思想というのはそのうちのただ一つだけのはずです。だって、話の筋道からいえばそれが当然でしょう？　したがって問題は、それらの重要な思想を整理することだけです」[2]

ところが将軍は思想というものに不案内で、その扱いかたにも慣れていない。ましてや新しい思想を編み出す方法など何も知らない。そこで彼は、本来、目先の変わった思想を手に入れるには理想的な場所であるはずの帝国図書館に赴く。それは、「敵の兵力をはっきり見届ける」と同時に、自分が探している独創的な思想をもっとも系統だったやりかたで見つけ出すためだった。

*

この図書館見学は、書物というものになじみのない将軍を大きな不安に陥れる。彼がそこで直面する知識の世界は、とらえどころのない、また完全に把握することのできない世界だったからである。軍人としての彼は、ものごとの全体を掌握することに慣れていたのだ。

2　*L'Homme sans qualités*, trad. Philippe Jaccottet, tome 1, Seuil, 1956, p. 549〔ローベルト・ムージル『特性のない男　2』、高橋義孝・浜川祥枝・森田弘訳、新潮社、一九六四、二六〇頁〕。〔本書での引用文の翻訳にさいしては、原文がフランス語である場合を除いて既存の邦訳を使わせていただいたが、ときによって多少の変更を施した〕。これは、以下の引用文の場合と同様、シュトゥム将軍が友人ウルリヒに語りかけているシーンである。

「わたしは、二人してあの厖大な書物の宝を全部見て廻りました。そして、断言しますが、わたしは別に何とも感じませんでしたよ。ああいう書物の行列は、言ってみれば、駐屯軍の観兵式のようなものです。ただわたしは、そのうちに、頭の中で計算を始めずにはいられなくなったのですが、そこからは、予想もしなかった結果が出てきたのです。いいですか、君、わたしは、はじめはこう考えていたのです。つまり、図書館で毎日一冊ずつ読んでいくとすれば、なるほど非常に骨の折れることにはちがいなくても、いつかは読み終えるにちがいない、そうなれば、たとえ一冊や二冊はすっ飛ばしたところで、精神生活のなかにある種の地歩を占める資格もできようはずだ、とね。ところが、どこまで歩いていってもきりがないので、この途方もない図書館にはいったいぜんたい何冊くらい本があるのかと質問したところ、君、その司書がどんな返事をしたと思います？　何と、三百五十万巻と言うのです！　司書の言うところによると、われわれはその時ほぼ七十万巻目の本のところにいたのです。でも、わたしは、その瞬間いらい、ずっと計算のしつづけでした。――そのことは省略するとして、わたしは、本省へ帰ってから、鉛筆と紙でもう一度計算し直してみました。すると、わたしの計画をやり抜くには、さっきの方法では、一万年かかるという結果が出たのです」[3]

いくら読んでもきりがないというこの事実の発見は、読まないことの勧めと無縁ではない。なるほど、出版された数かぎりない書物を前にして、一生かけても読めない厖大な量の本のことを考えればいくら読書に励んだところでまったく無駄だという思いをいだかない者がいるだろうか。

本を読むことは、本を読まないことと表裏一体である。どんなに熱心な読書家においても、ある本を手に取り、それを開くということは、それとは別の本を手に取らず、開きもしないということと同時的である。読む行為はつねに「読まない行為」を裏に隠しているのだ。「読まない行為」は意識されないが、われわれはそれをつうじて別の人生では読んだかもしれないすべての本から目を背けているのである。

＊

『特性のない男』がここで喚起しているのは、教養と無限との関係という古来からの

3　*Ibid.*, p. 550〔同、二六一頁〕。

問題であるが、この小説はこの問題にひとつの解答を与えてもいる。それは図書館のなかでシュトゥム将軍を案内する司書によってもたらされる解答である。この司書は、世界中のすべての書物とはいわないまでも、帝国の図書館の何百万という蔵書のなかで自分を見失わない方法を見つけ出したのである。それはきわめて単純な方法で、その運用も同じく簡単だった。

「わたしが〔彼の上着から〕すぐに手を離さないでいると、彼は、突然すっくと身を伸ばしたのです。それはまるで、ぶかぶかのズボンを脱ぎ捨てて一まわり大きくなったかのようでした。そして、いよいよこれらの壁の秘密を口外しなければならぬかのように、一語一語を意味ありげに引き伸ばしながら次のように言いました。『どうしてわたしが全部の本を識っているのか知りたいとおっしゃるのですね、閣下? そのことなら、むろん言って差し上げることができます。つまり、一冊も読まないからなのです』[4]」

これを聞いた将軍は大いに驚く。この変わり種の司書は、注意してわざと何も読まないようにしている、しかも無教養からではなく、むしろ本をよりよく知るためにそうしているというのだ。

「わかってくれますか、これは、わたしにとっては、本当に、強すぎるくらいのショックと言ってよかったのです！　でも相手は、わたしの狼狽を見てとると、その間の事情を説明してくれました。つまり、有能な司書になる秘訣は、自分が管理する文献について、書名と目次以外は決して読まないことだというのです。『内容にまで立ち入っては、司書として失格です！』と、彼はわたしに教えてくれました。『そういう人間は、絶対に全体を見晴らすことはできないでしょう！』

わたしは、喘ぐようにして、『すると、あなたは、ここにある本は絶対に一冊も読まないのですね？』と訊きました。

『そうです。目録だけは別ですが』

『でも、あなたはドクトルでしょう？』

『その通りです。それに、大学の講師でもあります。つまり、図書館制度論担当の私講師です。

4　*Ibid.*, p. 553〔同、二六四頁〕。

図書館学というのは、それ自身だけで独立した学問でもあるのです』と彼は説明しました。そして、『本の配置、保存、書名の分類、扉の誤植やまちがった記載の訂正その他をする場合の方法が、いったい幾種類くらいあるとお考えですか、閣下？』と尋ねました」[5]

このように、ムージルの司書は、書物のなかに入ってゆくことは注意ぶかく避けるが、かといって書物にたいして無関心ではまったくないし、ましてや敵対心など微塵ももっていない。それどころか、彼が書物の周縁に用心ぶかくとどまるのは、書物にたいする愛情——ただしあらゆる書物にたいする愛情——からなのである。

*

ムージルの司書の賢明さは、「全体の見晴し」というその考えから来ている。私は彼が図書館について述べていることを教養一般に敷衍して考えてみたい。書物の中身に首を突っ込む者には教養を得る見込みはない。読書の意味すら疑問である。というのも、存在する本の数を考慮するなら、全体の見晴しをとるか、それとも個々の本をとるかを選ばなければならないが、後者の場合は、いつまで経っても読書は終わらず、全体の掌握にはとうてい至らないからである。それはエネルギーの浪費でしかない。

ムージルの司書の賢明さは、まずは全体という概念の重視にあるが、それは、真の教養とは網羅性をめざすもので、断片的な知識の集積に還元されるものではないということを示唆していると考えられる。この全体の探求は、さらに別の側面ももっている。それは、個々の書物に新たなまなざしを投げかけ、その個別性を超えて、個々の書物が他の書物と取り結ぶ関係に関心を払う方向へとわれわれを導くのである。

真の読者が把握を試みるべきは、この書物どうしの関係である。ムージルの司書もこのことをよく理解していた。彼の関心は、多くの司書の場合と同様、書物にではなく、書物についての書物にあったからである。

「わたしはさらに、いろいろの思想のあいだに縦横自在の連絡をつけることを可能にしてくれるいわば精神界の列車時刻表にあたるものその他についていささか弁じ立てました。すると相手は、不気味といってもいいくらい丁重になって、では目録室へご案内いたしますから、そこでご自分でとっくりお調べくださいと言

5　*Ibid.*〔同〕。

いました。そこを利用できるのは司書だけということになっていますから、これは本当は禁止されているのですがね。こうしてわたしは、まさしく図書館のなかでいちばん神聖な場所に入り込んだわけです。それはまるで、されこうべの内部へ入り込んだような気持でした。周囲にあるのは、書物という細胞をもったこれらの書架だけで、いたるところに、あちこちに登るための梯子があり、台や机の上には目録や解題、つまり知識の全エッセンスがあるばかりで、読むためのまともな本はどこにもなく、あるのは書物に関する書物だけなのです[6]」

教養ある人間が知ろうとつとめるべきは、さまざまな書物のあいだの「連絡」や「接続」であって、個別の書物ではない。それはちょうど、鉄道交通の責任者が注意しなければならないのは列車間の関係、つまり諸々の列車の行き交いや連絡であって、個々の列車の中身ではないのと同じである。これを敷衍していえば、教養の領域では、さまざまな思想のあいだの関係は、個々の思想そのものよりもはるかに重要だということになる。頭蓋骨の比喩はこの理論を強力に補強するものである。

本を一冊も読まず、本についての本である目録にしか興味をもたないというこの司書を批判する向きもあるかもしれない。しかし目録とはつまるところリストであり、それは諸々の本のあいだの関係を目に見える形で明らかにしてくれるものである。そして、本が好きなあまり大量の本を一度に把握したいと願う者は、この関係に注目しないわけにはゆかないのだ。

＊

ムージルの司書の考えかたの根底にあるこの「全体の見晴し」という概念は、じつは応用可能な便利な概念である。一部の恵まれた人間が、無教養を非難されかねない状況からどうにか脱することができるのは、この概念を直観的に知っているからである。

教養があるかどうかは、なによりもまず自分を方向づけることができるかどうかにかかっている。教養ある人間はこのことを知っているが、不幸なことに無教養な人間はこれを知らない。教養があるとは、しかじかの本を読んだことがあるということではない。そうではなくて、全体のなかで自分がどの位置にいるかが分かっているということ、すなわち、諸々の本はひとつの全体を形づくっているということを知ってお

6　*Ibid.*, p. 552〔同、二六三頁〕。

り、その各要素を他の要素との関係で位置づけることができるということである。ここでは外部は内部より重要である。というより、本の内部とはその外部のことであり、ある本に関して重要なのはその隣にある本である。

したがって、教養ある人間は、しかじかの本を読んでいなくても別にかまわない。彼はその本の内容はよく知らないかもしれないが、その位置関係は分かっているからである。つまり、その本が他の諸々の本にたいしてどのような関係にあるかは分かっているのである。ある本の内容とその位置関係というこの区別は肝要である。どんな本の話題にも難なく対応できる猛者がいるのは、この区別のおかげなのである。

私はジョイスの『ユリシーズ』[7]を一度も読んだことはないし、今後もおそらく読むことはないだろう。したがってこの本の「内容」はほとんど知らないといっていい。しかし位置関係はよく知っている。しかも本の内容というものも、じつはそれじたい本の位置関係とけっして無縁ではない。つまり私は、人との会話のなかで、ふつうに『ユリシーズ』について語ることができるのである。なぜなら私はこの本を他の本との関係でかなり正確に位置づけることができるからだ。私はこの作品が『オデュッセイア』[8]の焼き直しであること、これが意識の流れという手法を用いていること、物語がダブリンでの一日を叙したものであることなどを知っている。この理由から、私は大学の講義でもよく平気でジョイスに言及する。

もっというと、これはわれわれが自らの読書について語るさいに働く力関係を分析した章で詳説するつもりだが、私は自分がジョイスを読んだことがないということを恥ずかしげもなく披露すらできる立場に身をおいている。というのも、知識人としての私の書棚には、あらゆる書棚と同様、ない本もあれば歯抜けになっている箇所もあるが、それは問題ではないのである。そこには空所が目立たないくらいには本が詰まっているし、本の話題というものはある本から別の本へとすみやかに転じるのが常だからである。

ある本についての会話は、ほとんどの場合、見かけに反して、その本だけについてではなく、もっと広い範囲の一まとまりの本について交わされる。それは、ある時点で、ある文化の方向性を決定づけている一連の重要書の全体である。私はここでそれを〈共有図書館〉と呼びたいと思うが、ほんとうに大事なのはこれである。この〈共有図書館〉を把握しているということが、書物について語るときの決め手となるので

7 〈聞〉◎
8 〈流〉〈聞〉◎

ある。ただし、これは〈共有図書館〉を構成している諸要素間の関係の把握であって、切り離されたしかじかの要素の把握ではない。そしてこの意味で、大部分の書物を読んでいないということはなんら障害にはならないのである。

一冊の本は、われわれの視界に入ってきた瞬間から未知の本ではなくなる。その本に関して何も知らなくても、それについて夢想することも、議論することもできる。教養ある、好奇心旺盛な人間なら、本を開く前から、タイトルやカバーにちょっと目をやるだけで、さまざまなイメージや印象が沸き起こるはずである。そしてそれらのイメージや印象は、一般的教養がもたらす書物全般についての知識に助けられて、その本についての最初の見解に変わることだろう。このように、本との出会いというものは、どんなに取るに足らないものであれ、またたとえ本を開くにいたらないにせよ、本を真の意味でわがものとする第一歩となりうるのである。極論すれば、一度でも出会ったあとに未知でありつづけるような本はひとつもないといっていい。

＊

ムージルの司書はたしかに本を読まないが、彼のこの態度の特徴は、それが受動的ではなく能動的だという点である。教養人の多くが本を読まない人間であり、逆に本を読まない人間の多くが教養人であるというのが事実だとするなら、それは本を読まないということが読書の欠如を意味するわけではないからである。本を読まないことも、厖大な書物の海に呑み込まれないように自己を律するための立派な活動なのだ。その意味で、弁護に値する、いや人に教えてもいいくらいの活動なのである。

もちろん、こうした考えに慣れていない者にとっては、本を読まないことは読書の欠如そのものだろうし、本を読まない人間は文字どおり読書とは無縁な人間だということになろう。しかし、注意ぶかく観察すれば、両者が同じではないということはすぐに分かるはずである。本を読まない人間と読書と無縁な人間とは、本にたいする態度においても、その奥にある動機においてもちがうのである。

読書と無縁な人間は、書物に無関心である。ここでいう「書物」とは、先述したように内容と位置関係の両方を指している。このタイプの人間は、本の内容にも、本が他の諸々の本と取り結ぶ関係にも無関心なのである。そして、一冊の本に興味をもつことはそれ以外の本を蔑ろにすることにつながる場合もあるということを知らない。

これにたいして、本を読まない人間は、ムージルの司書のように、書物間の位置関係という本質をつかむために書物を読むことを控える。だからといって書物に無関心なわけではいささかもない。本の内容と位置関係のあいだには緊密な関係があるということを知っているからこそ、そうするのである。その態度は多くの読書家の態度より賢明である。ひょっとしたら、結局のところ、彼らより多くの敬意を書物に払っているとすらいえるかもしれない。

I-2 ざっと読んだ（流し読みをした）ことがある本

ヴァレリーの例が示すように、ある本について文章を書くには、その本をざっと読んでいれば十分であり、ちゃんと読むことは場合によってはむしろよろしくないという話。

「全体の見晴し」という概念は、なにも図書館の蔵書だけに適用されうる概念ではない。それは一冊の本をひとつの全体として考えた場合にも有効である。図書館のなかで自分を見失わない教養人の能力は、一冊の本の内部でも同じように発揮される。教養があるとは、一冊の本の内部にあって、自分がどこにいるかをすばやく知ることができるということでもあるのだ。そのために本を始めから終りまで読む必要はない。この能力が発達していればいるほど本を通読する必要はないのである。

本をまったく読まないというムージルの司書の態度はもちろん極端である。そんな人間が多くいるとは思えないし、読書嫌いのなかにもそこまでの人間はまれだろう。本をいっさい読まないというのはそれほどむずかしいことなのである。それにたいして、本を読むには読むが、ざっとしか読まないという人間はもっと多いだろうと思われる。ムージルの司書の態度もじつはあいまいである。彼はたしかに本を開くことはしないが、それでもタイトルや目次には興味をもつからである。こうして彼は、望むと望まざるとにかかわらず、本の入口には足を踏み入れるのである。

流し読みしかしていなくても、本について語ることはできる。しかも流し読みは、本をわがものとするもっとも効果的な方法かもしれないのだ。それは、ディテールに迷い込むことなしに、本がもっている内奥の本質と、知性を豊かにする可能性を尊重することだからである。少なくとも、本を読まないことにかけては人後に落ちない文学者だったポール・ヴァレリーはそう考えていた。それは彼が実践的に示したことでもある。

＊

ヴァレリーは、読書にともなう危険性に注意を促した作家のなかでも筆頭に挙げられるべき存在である。彼は著作の一部でこの危険性を厳しく告発している。たとえば、ヴァレリーが創り出したヒーローの典型であるテスト氏の住むアパートには本がない。テスト氏はこの点で、ほかの多くの点でと同様、作者の手本ともいうべき人物だと考えられる。ヴァレリー自身、自分が本をほとんど読まないことを口外して憚らなかった。「私はまず読書というものに反感をいだいた。好きだった本を友だちにくれてやったくらいだ。それらの本の一部はその後、反感が和らいだあとに買い直したが、それでも私はいまだに本をあまり読まない。私が本に求めるのは、自分自身の活動に利するものか、逆にそれを阻むものかでしかないからである」[1]

書物にたいするヴァレリーのこの不信感は、まずは伝記類に向けられている。ヴァレリーは、文学批評の領域では、広く一般に認められていた、一個の作品とその作者とをつなぐ紐帯の存在を疑問に付したことで有名になった批評家である。なるほど十九世紀の批評伝統においては、作者のことを知ることは作品を知る一助となるので、

1 Paul Valéry, *Œuvres I*〈〈流〉○〉, Gallimard (Pléiade), 1957, p. 1479〔ポール・ヴァレリー「自作回顧断篇」佐藤正彰訳、『ヴァレリー全集6』、筑摩書房、一九七八、二〇四頁〕。〔原文がフランス語の引用文に関しては、既存の邦訳がある場合はその出典を示したが、訳そのものは本書の訳者による〕。

作者についてできるだけ多くの情報を集めるのがよいとされていた。

この批評伝統との決別をはかったヴァレリーは、反対に、作者についての知識は作品の説明には結びつかないと主張した。作品とはある創造のプロセスの産物であり、このプロセスは作者の内部で進展するものの、作者を超越するのであって、それを作者に還元するのは誤りだというのである。したがって、ある作品を理解するために作者について調べてもあまり意味がない。作者は、極端にいえば、作品にとってひとつの通過点にすぎないからである。

当時、作品と作者の分離を唱えたのはヴァレリーだけではなかった。プルーストは、『サント＝ブーヴに抗して』[2]のなかで、文学作品とはわれわれが知っている人間とは異なる一個の〈自我〉の産物であるとする理論を展開している。のちに『失われた時を求めて』[3]のなかでベルゴットという人物をとおして例証されることになる理論である。しかしヴァレリーは、文学批評の領野から作者を排除することだけで満足したわけではない。彼はついでにテクストそのものも厄介払いしたのである。

＊

ヴァレリーにとって、本をあまり読まないこと――というより、彼の場合、ぜんぜん読まないことの方が多かったようであるが――は、他の作家を正確に評価したり、彼らについて長々と意見を述べたりする妨げにはまったくならない。

ヴァレリーはプルーストをほとんど読んだことがなかった。その点ではプルーストについて論じた批評家たちの大部分と同じだったが、ヴァレリーが彼らとちがっていたのは、それに臆することなく、冷静なシニシズムをもってそのことを認めていた点である。彼は、『新フランス評論』の一九二三年一月号で、プルーストに捧げた文章を次のような言葉で始めている。プルーストが死んで間もないころのことだ。

マルセル・プルーストの偉大な作品はかろうじて一巻読んだことがあるだけで、彼の小説技法すら私にはほとんど考えも及ばないものであるが、それでも、少しばかり『失われた時を求めて』を読んだ経験からだけでも、文学がどれほど例外的な存在を失ったかは分かる。文学だけではない。それぞれの時代において文学にその真の価値を付与する者たちがつくるあの秘密のソサエティにとっては、こ

2 〈聞〉○
3 〈流〉〈聞〉◎

の喪失はさらに大きい。[4]

この冒頭の句に続く文章は、ヴァレリーの立場をさらに危ういものにすることになる。というのも、彼はそこで、自分がプルーストを知らないことを正当化するために、ジッドとドーデという二人の作家のひとしく好意的な意見に便乗しようとするからである。

> しかも、この広大な著作を一行も読んだことがなくても、その重要性に疑いの余地がないことは、ジッドとレオン・ドーデという似ても似つかぬ精神の持主がどちらもそれを認めていることから明らかである。よほど確かな価値があるというのでなければ、これら二人の意見が一致するというこのまれな事態は起こらない。この点ではわれわれは安心していいはずである。彼らがどちらも晴れだというときは、天気はまちがいなく晴れなのだ。[5]

ある作家を評価しようとするとき、他人の意見は決定的な役割を果たす。場合によっては——それがヴァレリーの場合だと思われるが——、それに全面的に拠りかかって、作品を一行も読まずにすませることすらある。ただ、このように他の読者に盲目の信頼を寄せることから来る不都合は、ヴァレリー自身も認めているように、コメントに正確を期すことがむずかしいという点である。

他の論者は、かくも力強く、かくも繊細な作品について、正確に、深い洞察をもって語ることだろう。また別の論者は、この作品を考え出し、それを栄光へと導いた作家がどのような人間であったかを説くかもしれない。しかし私はもう何年も前に瞥見しただけである。私はここで、取るに足りない、ほとんど書くに値しないことしか書くことができない。このオマージュは、永遠に残る墓に手向けられた一輪のはかない花にすぎない。[6]

ここでのヴァレリーはシニカルというよりむしろ正直である。しかしこの導入部に

4 *Op. cit.*, p. 769〔「頌（プルースト）」生島遼一訳、『ヴァレリー全集7』、筑摩書房、一九七八、三六七頁〕。
5 *Ibid.*, p. 770〔同〕。
6 *Ibid.*〔同、三六七—三六八頁〕。

続く数ページで、彼はプルーストについて正鵠を射たコメントをしているのである。なるほど、論じる対象をよく知らなくても、それについて正確に語ることはできる。私は本書でこの事実を何度も確認することになるだろうが、ヴァレリーのケースもその一例である。

導入部に続く文章は、二つの部分に分かれる。第一の部分では小説一般が問題にされる。そこでのヴァレリーには具体的考察への配慮はほとんど感じられない。そこで言われているのは、小説とは「ひとつないし複数の想像上の「人生」を描くために、人物をしつらえ、時間と場所を設定し、事件を生起させる」ものだということである。だから小説は、詩とは反対に、大過なく要約や翻訳ができるのだという。[7] これらの指摘は、おおかたの小説に関しては正しいが、プルーストにはあまり当てはまらない。プルーストの作品は要約するのがむずかしいからだ。具体的考察が見られるのはむしろ第二の部分においてである。

第二の部分はプルーストを扱っている。この文章はプルーストに捧げられたオマージュなのだから当然といえば当然である。ヴァレリーはここで、プルーストを作家一般と関係づける一方で（「プルーストは、かくも単純で、かくも広い〔小説執筆上の〕条件を比類ないやりかたで活用した」[8]）、彼の独自性を摘出することも忘れない。その根本にあるのは、プルーストの作品は「どんな些細なイメージであろうと、それが作者の実体験のなかに易々と見つけ出す過剰なコネクションの上に成り立っている」という考えにほかならない。たしかにプルーストの本質を衝いた考えである。プルーストの作品が、あらゆるイメージが見つけ出す無限のコネクションに依拠しているということに注目することには、二重の利点がある。まず、このことに気づくのにプルーストを読んでいる必要はない。どのページでもいいからランダムに本を開くだけでいいのである。次に、これを指摘することは戦略的に都合がいい。なぜならそれは、ヴァレリーがここでしている操作そのものを正当化するもの、つまりは本を読んでいないことを正当化するものだからである。

ヴァレリーの巧妙さは、なるほど、プルーストの作品の価値は、どのページを開いて読んでもかまわないというその驚くべき性格にあると説明している点にある。

プルーストの作品の面白さはひとつひとつの断片にある。彼の本はどこを開い

7 *Ibid.*〔同、三六八―三七〇頁〕。
8 *Ibid.*, p. 772〔同、三七〇頁〕。

てもかまわない。ある箇所がもつ生命力は、それに先立つ箇所に依存しているのではない。既得のイリュージョンといったものに依存しているのではないのである。この生命力は、テクスト独自の活動とでも呼びうるものから来ているのだ。[9]

これはヴァレリーの快挙だというべきだろう。それは彼が、自分が本を読まないことをひとつの理論にまで仕立て上げ、この理論は自分が読まずに論じている作家自身が要請するものであって、読まないことはこの作家にたいする最大の賛辞ですらあるということを示したからである。そしてヴァレリーは、大胆にも、結論部分において、「難解な作家たち」に敬意を表しつつも、いまに彼らを理解できる者は一人もいなくなるだろうと述べて、彼自身、この批評文を書き終えたあともプルーストを読む気などないということを仄めかす。[10]

*

ヴァレリーはプルーストへのオマージュをとおして自らの読書概念を披露したわけだが、じつは彼は、もっとはっきりと、作家もそのテクストも必要としない自分の批評家としての立場を表明したことがある。同時代のもう一人の大作家だったアナトール・フランスについて語ったときのことである。
ヴァレリーは一九二七年にアナトール・フランスの後任としてコレージュ・ド・フランスに迎えられた。就任にあたって、慣例どおり、前任者を称える演説をしなければならなかったが、彼はその冒頭から自分に課せられた義務に従うことを周到に回避している。

死者にとって、ふたたび生きるよすがは私たち生者にしかありません。私たちの思想が彼らにとっての唯一の生への道なのです。彼らは私たちに多くのことを教えました。また私たちのために姿を消し、彼らがもっていた可能性のすべてを私たちに譲ったようにも思われます。したがって、彼らが私たちの記憶のなかに恭しく迎えられ、私たちの言葉からいくばくかの生を汲みとることは、正当な、私たちにふさわしいことなのであります。[11]

9 *Ibid.*〔同〕。傍点は本書の筆者による。
10 *Ibid.*, p. 774〔同、三七三頁〕。
11 *Ibid.*, p. 715〔「アカデミー・フランセーズへの謝辞」市原豊太訳、前掲『ヴァレリー全集7』、二五六頁〕。

アナトール・フランスは、記憶と言葉のなかで生き延びたかったら、ヴァレリーとは別の誰かを見つけるべきだっただろう。ヴァレリーは、演説のあいだずっと、彼にオマージュを捧げないですむよう工夫を凝らしているからである。ヴァレリーの演説はなるほど、あいまいな賛辞の反復という原則にのっとった、いつ果てるとも知れない、前任者にたいする不実の言葉の連続だった。

読者公衆は、高名なる私の前任者がひとつのオアシスを味わわせてくれたことに、限りない感謝の念をいだきました。氏の作品が与える驚きはあくまで穏やかで心地よいものでした。それはきわめて抑制のきいた流儀と、色々なところで試されていた、華々しい、あるいは非常に複雑な様式との、さわやかなコントラストによるものでした。そこでは闊達さと、明解さと、単純さが現実のものとなったかのようでした。これらは大多数の人間を喜ばせた女神であります。人々はすぐに氏の言語を愛しました。それは深く考えることなしに味わうことのできる言語であり、見たところじつに自然で、その点が人を魅了するような言語でした。その清澄さは、ときに底意を隠していることもあったかもしれませんが、かといって韜晦ではなく、反対につねに平明で、つねに安堵感を与えるものでした。氏の著作には、きわめて重大な思想や問題に軽くふれる熟達した技術が見られました。そこでは眼差しを遮るものといって、いかなる抵抗にも出会わないという驚異そのものしかありませんでした。[12]

これほどきつい当てこすりを、これほど凝縮した形で表現した文章もめずらしい。アナトール・フランスの作品はここで「穏やか」で、「心地よく」、「さわやか」で、「抑制がきいて」いて、「単純」だと形容されているのである。文学批評でこれが賛辞として通用するとはまず思われない。しかも、アナトール・フランスの作品は万人受けするという、究極の一撃まで加えられているのだ。彼の作品は深く考えなくても味わうことができる、なぜならそこでは思想が軽くふれられるだけだから、というのである。ヴァレリーはこのすぐあとでこの点をもう少し詳しく述べている。

明解さの甘美な幻想ほど貴重なものがあるでしょうか。それは、努力しなくて

12　*Ibid.*, p. 722〔同、二六五頁〕。

も豊かになれる、骨を折ることなしに喜びが味わえる、注意を払わなくても理解できる、お金を払わなくても芝居を楽しめる、そんな気にさせてくれるのです。思想の重圧を私たちから取りのけ、錯綜したものごとの分かりやすい装いを、軽々とした手つきで織り上げることのできる作家は幸せです。[13]

このように、ヴァレリーのアナトール・フランスにたいするオマージュは悪意に満ちていたが、それは漠然とした表現にとどまっていたからこそなおさら苛烈だった。しかも、ヴァレリーは自分はアナトール・フランスの書くものなど読まないという印象を与えることに固執しているかのようである。読んでいないならどうして評価が下せるのかということにもなるのだが、それでもヴァレリーの演説では、作品名はひとつも挙げられていないし、話が具体的になることは一瞬としてない。作品のひとつにそれとなく言及することすらないのである。

もっと悪いことに、ヴァレリーは自分の前任者たる人物の名前すら一度も口にしない。アナトール・フランスの名前は、遠回しな表現か、同形異義語をつうじて示されるだけである。「かくなる人物は、彼が名前をとったフランスでしか見出されなかったでしょうし、存在を想像することすらむずかしかったでしょう[14]」

アナトール・フランスを読んでいるように思われたくないというこの気持は、おそらく、フランスは逆に本を読みすぎるとヴァレリーが思っているところからも来ている。ヴァレリーにとって彼は「際限なき読書家[15]」――この言葉はヴァレリーの口から発せられる場合けっして褒め言葉ではない――であり、後任者である自分とは反対に、本に入れ込みすぎて自分を見失った人間だった。

じつをいうと、諸君、私には、世の中でつぎつぎと溜め込まれていく厖大な量の書物に思いを馳せただけで、人がどのようにして意気を挫かれないでいられるか分かりません。革表紙と金文字が並ぶ広大な図書館の壁を眺めることほど、目をくらませる、心を動揺させる経験があるでしょうか。また、河岸の本屋の店先に積み上げられたあの書物の山ほど見るに耐えないものがあるでしょうか。あの何百万という巻本や冊子は、まるで時の流れに見放され、セーヌ河岸に打ち上げられた知的漂流物ではありませんか。時の流れはこうして重荷を下ろし、われわ

13 *Ibid.*〔同〕。
14 *Ibid.*, p. 729〔同、二七四頁〕。
15 *Ibid.*, p. 727〔同、二七二頁〕。

れの思想から自らを浄化するのです。[16]

読書の過剰はアナトール・フランスから独創性を奪うことになった。ヴァレリーが言いたかったことはそこにある。というのも、ヴァレリーにとって、作家が書物を読むことの危険性はまさに他者に従属することにあったのである。

諸君、あなたがたの博学にして明敏なる同僚は、大量の書物を前にしたときのあの居心地の悪さを感じることはありませんでした。氏は頑健な頭脳の持主でした。氏には、あの不快感とあの眩暈から身を守るために読書を控える必要はなかったのです。氏はこの豊富さに圧迫を感じるどころか、むしろ興奮を覚え、そこから多くの教えと、自らの芸術を首尾よく導き、それに糧を与えるための秀逸な結論を引き出しました。

あまりに多くのことに通じているとか、自分が知っている物事に無知ではないといって、氏にかなり厳しい、またナイーヴな批判が向けられたこともたしかです。しかし氏にそれ以外のやりかたができたでしょうか。氏はつねになされてきたことをなしたにすぎないのではないでしょうか。全面的に新しくあらねばならないという、こんにち作家に課される義務ほど新しいものはないのです。[17]

この演説のテクストを読み解く鍵のひとつは、アナトール・フランスの姿勢とは反対の姿勢を指すものとして使われている「自分が知っている物事に無知である」という表現のなかにある。教養というものは、その内部に、他人の書物にのめり込む危険を孕んでいる。そしてみずから創造者としてふるまうためには、この危険を回避しなければならない。要するに、独自の道を見出せなかったアナトール・フランスは、読書がもたらす弊害の見本を示したのである。ヴァレリーが、彼の作品に一度も言及しなかったばかりか、彼の名前すら挙げなかったのは、ひょっとしたら、そんなことをすれば自分も同じ自己喪失のプロセスに陥るのではないかと恐れたからなのかもしれない。

16 *Ibid.*, p. 730〔同、二七六頁〕。
17 *Ibid.*, p. 731〔同、二七七―二七八頁〕。

＊

プルーストやアナトール・フランスへの「オマージュ」が問題なのは、これらを読んだあとでは、ヴァレリーが他のあまたの作家について書いた文章にも疑いの目を向けてしまうという点である。ヴァレリーは果たしてこれらの作家を少しでも読んだことがあるのだろうかと疑ってしまうのだ。ヴァレリーは自分が本をほとんど読まないことを認めている。だからといって自分以外の作家について評価を下さないわけではない。したがって、彼のどんなに些細な、どんなに無害にみえる批評も、疑惑の対象となるのである。

この点では、二十世紀前半のもうひとりの巨人ベルクソンにたいする彼のオマージュも例外ではない。以下で取り上げるのは、彼が一九四一年一月、この哲学者の死にさいしてアカデミー・フランセーズで行なった「ベルクソンについて[18]」と題された講演であるが、彼はその冒頭で、かなり古典的な流儀でまずベルクソンの死と葬儀について語り、それから、まったく型どおりの表現を用いてベルクソンの美点を列挙している。

氏はわれらがアカデミーの誇りでした。氏の形而上学に魅せられたことがあるかどうかは別として、また氏が生涯をかけて専念した深遠な研究と、氏の思想の、不断に大胆さと自由さを増す、真に創造的な進化にまで立ち入って、氏の足跡を追ったことがあるかどうかは別として、私たちにとって氏は、もっとも高邁な知的美徳のまがうことなき模範でした[19]。

このような導入のあとには、これらの賛辞がいくらかでも説明されるものと考えるのがふつうだろう。ひょっとしたら、ヴァレリーがベルクソンにたいする自分の立場を明確にすることすら期待していいかもしれない。しかし読者の期待はすぐに裏切られる。これに続く段落で用いられている表現は、読んでいないテクストについてコメントするときによく使われる表現なのである。

私は氏の哲学の中身を論じるつもりはありません。そのためには深く立ち入っ

18 *Ibid.*, p. 883〔「ベルグソンに関する談話」寺田透訳、『ヴァレリー全集9』、筑摩書房、一九七八〕。
19 *Ibid.*〔同、一三八頁〕。

た検討が必要でしょうし、いまはそれをするときではありません。白日のもとで、思考力のすべてを傾けるというのでなければ、深く論じることはできません。[20]

ヴァレリーの場合、ベルクソンの哲学の中身を論じることを拒むこの言葉は、たんなる決まり文句ではなく、本音であるおそれがある。これに続く文章は、ヴァレリーがベルクソンの思想を本当に知っていたのかを疑わせるものである。

ベルクソン氏が扱った古来からの、したがって非常に難解な問題は、氏によって一新されました。たとえば時間の問題、記憶の問題、そしてとくに生命の進化の問題がそうです。それとともに、五十年前のフランスの哲学状況は目に見えて変わりました。[21]

ベルクソンは時間と記憶について研究したと言明することが、彼の著作の紹介になるとはとても思われない。たとえ簡単な紹介としても無理である。時間と記憶について考えなかった哲学者がいるだろうか。しかもこれに続く部分も、ベルクソンをカントに対置している数行を除けば、きわめてあいまいである。それはたしかにベルクソンに当てはまるが、他の著者にも当てはまる。型どおりの聖人伝的な表現をとった多数の著者に適用できるような文章である。

ベルクソンは思想家としてきわめて純粋な、きわめて秀逸な存在でした。ひょっとしたら、この時代に、一途に、深く、他に抜きん出てものを考えた最後の人間の一人だったといえるかもしれません。この時代とは、人間がますます思索や瞑想から遠ざかってゆく時代、文明が日に日に、その多様な豊かさと、その自由で溢れんばかりの知的生産物の、思い出と残骸に帰してゆくように思われる時代です。それは、もう一方で、あらゆる種類の不幸や、不安や、束縛が、知的企てを試みる者の意気を挫き、消沈させる時代でもあります。ベルクソンはすでに過ぎ去った世界に属しているように見えます。氏の名前は、ヨーロッパ知性史の最後の偉大な名前であるように思われます[22]。

20 *Ibid.*, p. 884〔同〕。
21 *Ibid.*〔同〕。
22 *Ibid.*, p. 886〔同、一四一頁〕。

ヴァレリーは最後にはどうしても悪意ある言葉を吐いてしまうようである。「ヨーロッパ知性史の最後の偉大な名前」という温かい表現も、その直前の文の冷酷さを和らげるまでにはいたらない。直前の文でベルクソンは丁重に「過ぎ去った世界」の住人にされているのである。これを読むと、またヴァレリーの書物にたいする嗜好を知っているなら、ここで彼がベルクソンはすでに超えられていると言明しているのは、その作品を読まないでもいいことにするためではないかとすら思ってしまうのだ。

＊

作者も作品も必要としないというヴァレリーの批評概念は、けっして突飛な概念ではない。それは彼の文学概念そのものに根ざしている。ヴァレリーの文学概念を支える主要な考えのひとつは、作者が無用であるだけでなく、作品も余計だというものである。

ヴァレリーにとって文学は、彼がアリストテレス等に依拠して「詩学《ポエティック》」と呼ぶところのものに属している。作品はむしろ障碍となるという彼の考えは、まずはこの文学の概念全体に結びつけて理解することができる。なるほど、ヴァレリーが腐心したのは、なによりも文学の一般的法則を取り出すことだった。そこでは個々の作品の位置づけは微妙になる。というのも、個々の作品はたしかにこの詩学構築に役立つ具体例とはなりうるが、それは同時に、全体の見晴しを得るために脇においておかねばならないものでもあるからである。

つまり、ウィリアム・マルクスが指摘しているように、ヴァレリーの関心はしかじかの作品よりも作品の「観念」にあるのである。

大学批評ができるだけ多くの資料を集めようとし、文学外の情報源（書簡、私文書など）に絶大な重要性を認めたのにたいし、ヴァレリー流の批評は扱う対象をできるかぎり制限しようとする。そこでの観察対象は、究極的には作品そのもの、いや作品以下ともいうべき作品のたんなる観念でしかない。[23]

この「作品以下」、すなわち作品の観念への接近は、作品じたいにあまり近づかないからこそ可能になる。作品に近づきすぎると、その個別性のなかに迷いこんでしま

23　William Marx, *Naissance de la critique moderne*〈流〉〇), Artois Presses Université, 2002, p. 25.

うからである。したがって極論すれば、批評家は、作品に目をつむり、作品の可能態に考えを向けることではじめて、批評の真の対象を感知することができる。それはまさに作品を超えるためである。そして作品ではないが、作品が他の作品と共有しているものを感知する。こうして、あまりに念入りに本を読むことは、あるいは本を読むことじたいが、批評家がその対象を深層において捉えようとするときの障碍となるのである。

作品と距離をとろうとするこのヴァレリーの詩学は、もっとも日常的に見られるわれわれの読書法のひとつに合理的根拠を与えるものである。すなわち流し読みという読書法だ。たしかに、われわれが一冊の本を手にするとき、それを最初の行から最終行まで読みとおすということはまれである。そんなことが可能であるのかどうかも分からない。多くの場合、われわれはヴァレリーがプルーストはかく読むべしとした読書法をとる。つまり流し読みをするのである。

この流し読みの概念は、少なくとも二通りに解釈することができる。ひとつは線的《リニア》な流し読みである。本の冒頭から始めて、途中を適当に飛ばしながら、最終ページへと向かう(そこに到達するかどうかは別として)という読みかただ。二つ目は円的な流し読みである。これは、何らかの順序に従うのではなく、本のなかを自由に行き来するやりかたで、ときによっては最後から読みはじめることもある。この方法をとったからといって、べつに読んでいる本を軽んじているということを意味するわけではない。それは一つ目の方法についても同じである。いずれも書物とのもっとも日常的な付き合いかたのひとつであって、書物にたいする読者の評価を示すものではない。

しかし、この流し読みという読書法が幅広く実践されているという事実は、読むことと読まないことの違い、ひいては読書そのものの概念を大きく揺るがさずにはおかない。一冊の本を全部は読まないにしても、ある程度は読んだ人間を、どのカテゴリーに入れるべきだろうか。何時間も読んだ人間はどうか。もし彼らがその本について語ることになったら、彼らは本を読まずにコメントしていると言えるだろうか。同様の問いは、ムージルの図書館司書のように本の周縁にとどまる人間についても発することができる。ある本を深くは読むが、それを位置づけられない者と、いかなる本のなかにも入ってゆかないが、すべての本のあいだを移動する者の、どちらがよりよい読者だといえるだろうか。

＊

このように、本を読んでいないということがどういうことかを明確に知ることはむずかしい（この困難は、本書において、このあともますます強調されることだろう）。ということは、本を読んでいるということがどういうことかを知ることも同様にむずかしいということである。われわれはたいていの場合、「読んでいる」と「読んでいない」の中間領域にいる。少なくとも、ひとつの文化の内部でわれわれが手にする書物についてはそう言える。そしてその大部分について、それらを読んだことがあるかどうかをいうのはむずかしいのである。

＊

ムージルと同じく、ヴァレリーも、個別の本ではなく〈共有図書館〉のタームでものを考えることをわれわれに促す。文学について考察しようとする真の読者にとって、大事なのはしかじかの本ではなく、他のすべての本の全体であり、もっぱら単一の本に注意を向けることは、この全体を見失う危険をともなう。あらゆる本には広範な意味の組織に与る部分があり、それを見逃すと、その本じたいを深層において捉えることもできない。

ただ、ヴァレリーの教えはそこにとどまらない。ヴァレリーはこの態度を個々の本にたいしてもとり、個々の本に関してその全体像を把握するよう促すのである。このミクロな全体が、すべての書物を包括するマクロな全体と照応関係にあることはいうまでもない。このような観点をとるということは、本のしかじかの箇所に埋没せず、本にたいして適当な距離を保つということを意味する。こうしてはじめて、本の真の意味を見極めることができるのである。

Ⅰ-3

人から聞いたことがある本

ウンベルト・エーコが示しているように、たとえ本を入手したことがなくても、他の読者が述べていることを聞いたり読んだりしていれば、本について詳しく語ることができるという話。

このように、教養とは、書物を〈共有図書館〉のなかに位置づける能力であると同時に、個々の書物の内部で自己の位置を知る能力である。この二重の方向づけの理論からいえることは、一冊の本について何らかの考えをいだき、それを表現するのに、その本を手にしている必要はないということだ。読書の観念はこうして物質的な書物の観念から離れ、出会いの観念に結びつくことになる。この出会いは、非物質的な対象との出会いであってもまったくかまわない。

じつは、本を読まずに本の内容をかなり正確に知るもうひとつの方法がある。それは、他人が本について書いたり話したりすることを読んだり聞いたりすることである。この方法は、ヴァレリーがプルーストについて語るさいに公然ととった方法だが、これを採用すればずいぶん時間の節約になる。本がなくなってしまったか、見つけられないとき、あるいは本を探すことが命の危険をともなう場合などは、当然とらざるをえない方法だといえるだろう。

これが珍しい方法だと思うのはまちがいである。われわれはしばしばこの方法で本にふれているのだ。われわれが話題にする多くの本は、人生で重要な役割を演じた本も含めて、手にとったこともない本なのである（われわれはよくそうではないと思い込んでいるが）。他人がある本について語ってくれたり、仲間うちで話題にしているのを聞いて、その本の内容を知ることは多い。場合によっては評価を下したり、それを論証したりすることとすらある。

＊

『薔薇の名前』[1]は中世を時代背景とする物語だが、ウンベルト・エーコはそこで、バスカヴィルのウィリアムと称する修道士がいかにして北イタリアのある僧院で起こった殺人事件の捜査をするにいたったかを語っている（ウィリアムにはアドソという弟子がいて、この物語はみずから老境に達したアドソが書いた手記だということになっている)。この事件はじつは七つの連続殺人のうちの最初のものだった。ウィリアムは最後にその犯人を暴き、これに終止符を打つ。

この僧院には広大な文書館があった。迷宮の形に建てられた、キリスト教関係書を蔵するものとしては最大の文書館である。この文書館は、学問と瞑想の場として、僧院生活のなかで重要な位置を占めていた。小説のなかでの位置もまたしかり。修道僧は許可を得なければ書物を閲覧できなかったので、文書館は読書権にかかわる諸々の禁則の体系の中心に位置する存在でもあった。

ウィリアムは、殺人事件の真相究明の過程で、恐るべき異端審問官ベルナール・ギーと対立することになる。ベルナール・ギーは、殺人が異端者たち、とりわけ教皇庁に敵対的な宗派の創始者たるドルチーノの信徒たちの仕業だと固く信じている。彼は拷問によって何人かの修道僧から自分の推理を裏づける証言を引き出すが、この推理はウィリアムを納得させるにはいたらない。

ウィリアムはじつはまったく別の推理をしていたのである。彼の考えでは、これらの殺人は異端派とは直接の関係はなく、修道僧たちが殺されたのは文書館に秘蔵されてきた一巻の謎の書物を読もうとしたためである。ウィリアムはそのうち、少しずつ、その書物の内容がどんなものなのか、またその書物への接近を禁じている人物がなぜ殺人という手段に訴えたのかを知るにいたる。こうして彼は、小説の最終段で、殺人犯と危険な対面をすることになる。この対面は最後に文書館の大火事を招くが、修道僧たちはやっとのことで文書館を焼失から救う。

*

小説の最後のシーンは、したがって、「捜査官」ウィリアムと殺人犯との対決の場面である。犯人はホルヘという盲目の老修道僧である。ホルヘはウィリアムが謎を解明したことを称え、表面上おのれの敗北を認めつつ、連続殺人の原因となった書物を彼に差し出す。それはアラビア語の本と、シリア語の本と、ラテン語の本――『キュプリアーヌスの饗宴』[2]の注釈（聖書のパロディー）――と、ギリシア語の本をまとめて綴じたものだった。そしてこの四番目の本こそは殺人の原因となった当のものだっ

1 〈流〉〈聞〉◎
2 〈未〉×

たのである。

他の本に紛れて秘匿されていたこのギリシア語の本は、アリストテレスの有名な『詩学』[3]の第二部に当たるもので、それまで書誌に記載されていなかった著作だった。アリストテレスが、文学についての考察の延長上で、笑いの問題を扱ったとされている本である。

ウィリアムに罪を暴かれたホルへは奇妙な行動に出る。ウィリアムが問題の本を閲覧するのを阻止するのではなく、逆にそれを読むよう促すのだ。ウィリアムは言われたとおりにするが、用心のため、本に触れる前に手袋をはめる。こうして彼は、すでに何人もの犠牲者を出したと思われる本を目の当たりにすることになる。その最初のページには次のように書かれていた。


「第一部」では悲劇を取り扱い、それが憐憫と恐怖とを掻き立てることによって、どのようにして感情の浄化を行なうかについて述べた。先に約束したとおり、今度は喜劇を（むろん風刺劇や無言劇をも含めて）取り扱い、それが諧謔の喜びを掻き立てることによって、どのようにして情念の浄化を達成するかについて述べてみよう。情念が考察に値することは、すでに霊魂論において言及したが、それは——すべての生き物のなかにあって唯一——人間だけが笑いの能力を備えているからだ。それゆえ以下においては、喜劇がいかなる型の行為を模倣するかについて定義し、ついで喜劇が笑いを掻き立てる手段について検討することにしよう。この手段こそは所作であり話法なのだ。したがって、以下において、所作の諧謔がどのようにして生ずるかを、すなわち、最善を最悪に同化させたり、その逆を行なうことによって、〔……〕それぞれに生ずることについて示してみよう。ついでまた、話法の諧謔が、異なった事物にたいする似通った言葉と、似通った事物にたいする異なった言葉の取り違いから、〔……〕どのようにして生ずるかについて示してみよう……[4]

アリストテレスの他の著作に言及しているところから見ても、この謎の書物が『詩学』の第二部であることはまちがいなさそうである。ウィリアムは、この最初のページをラテン語に訳しながら読み上げたあと、大急ぎでページをめくってゆこうとする

3 〈聞〉

4 Umberto Eco, *Le Nom de la rose*, trad. Jean-Noël Schifano, Grasset, 1990, p. 473〔ウンベルト・エーコ『薔薇の名前』（下）、河島英昭訳、東京創元社、一九九〇、三三四—三三五頁〕。

が、途中で指先がもたつき、うまくめくれなくなる。傷んだページどうしが貼りついたようになっているのだ。手袋をしているのでなおさら不自由である。ホルヘはなおもウィリアムを促し、「さあ読むがいい、先をめくるがいい」と急き立てる。しかしウィリアムはきっぱりとこれを拒む。

ウィリアムは気づいていたのだ。読み進めるためには、手袋を脱ぎ、指先を舐めながらページをめくってゆかなければならないが、そんなことをすれば、真実に近づきすぎた他の修道僧たちと同様、毒死することになるということを知っていたのである。ホルヘは、彼らを厄介払いするために、読者が貼りついたページをはがそうとして指で触れる書物の上端に毒を塗っていたのだった。模範的な殺人方法というべきだろう。被害者は自分で自分に毒を盛ることになるからである。しかも、ホルヘに刃向かって本を読み進めた分だけ、服毒量も増えるというわけだ。[5]

*

しかしどうして『詩学』の第二部に関心を寄せる人間を全員殺さなければならなかったのか。ウィリアムにそう問われたホルヘは、彼が予測したとおりの答えを返す。修道僧たちを殺したのは、彼らがこの本の内容を知ることを妨げるためだった。なぜなら、この本は笑いに関するもので、笑いを断罪するのではなくそれを研究対象として扱っているものだが、ホルへにとって笑いは信仰の対極にあるものだからである。笑いはすべてを嘲弄し、懐疑に道を開く。そして懐疑こそは神によって啓示された真理の敵である。

「この笑いをめぐる議論のなかの何がそれほどまでにあなたを怯えさせるのか？この書物を抹殺したところで、笑いを抹殺することはできないのに」
「たしかにそれはできない。笑いはわたしたちの肉体の弱点であり、頽廃であり、失われた味だ。それは、農夫のためには気晴らしであり、酔漢のためには憂さ晴らしであり、キリスト教会が賢明にも祭日や、謝肉祭や、祝宴のさいに認可してきたものであり、そのようにして不謹慎な白昼の行為が人びとの憂さを発散させ、それ以上にふしだらな欲望や野望から踏み留まらせるのだ……しかし笑いは、あくまでも卑しいものに留まって、平信徒への防御となり、庶民への不敬な神秘となる。〔……〕だが、そこでは、そのなかでは……」そう言いかけて、ホルへは

5　*Ibid.*, p. 478〔同、三四二頁〕。

ウィリアムが開いていた書物の近くの机の上を指で叩いた。「その書物のなかでは、笑いの機能が逆転する。笑いが方法にまで高められ、それに向かって学者たちの世界の扉が開かれ、それが哲学の対象となり、不正な神学の対象ともなる……[6]」

笑いは、したがって、それに内在する懐疑ゆえに、信仰にたいする脅威である。そしてこの脅威は、この場合、本の著者がアリストテレスであるだけになおさら大きい。中世における彼の影響は絶大だったのである。

「喜劇を語っている書物ならばほかにもたくさんあるし、笑いを賞讃しているだけの書物ならばほかにもまだいくらでもある。なぜこの書物だけがそれほどまでに大きな恐怖をあなたに呼び覚ましたのか？」

「なぜならあの哲学者が書いたものだからだ。あの人物の著わした書物は、キリスト教が何世紀にもわたって蓄積した知恵の一部を破壊してきた。教父たちは神の言葉の威力をめぐって心得るべき事柄を説いてきたが、ボエーティウスがあの哲学者の著作に注釈を施しただけで、神の言葉の不可思議な神性を、人間的なパロディーの範疇と三段論法の域内へ引き降ろしてしまった。『創世記』は宇宙の生成について知るべきことを語ってきたのに、あの哲学者の『自然学』が再発見されただけで、宇宙が鈍重で粘液質な物質の観点から考察し返さねばならなくなった。〔……〕いまや聖者や教皇たちでさえ請願の根拠とするようになったあの哲学者の言葉の一つ一つが、この世界のイメージを逆転させてしまっている。しかし神のイメージを逆転させるまでには至らなかった。もしもその書物が広まって……開かれた解釈の資料となってしまえば、わたしたちは最後の一線を踏み越えてしまうであろう[7]」

このように、ホルヘに宗教を脅かすと映ったのは、たんに笑いだけではなく、アリストテレスがそれを論じているという点でもあった。彼はこの理由から殺人もやむなしと考えたのである。笑いを有益とする——あるいはたんに無害とする——理論でも、これほどの哲学者から発せられたとなれば、広範に知れわたり、キリスト教の教義を

6 *Ibid.*, p. 479〔同、三四四頁〕。
7 *Ibid.*, p. 478〔同、三四三―三四四頁〕。

根本から揺るがしかねないからだ。ホルヘにしてみれば、修道僧たちがこの書物に近づかないようにすることで、敬神の行為をおこなったつもりだった。そのためには何人か犠牲者が出てもしかたがない。それは人々を懐疑から守り、真の信仰を救うために支払わざるをえない代償だからだ。彼はそう考えたのである。

＊

ウィリアムはいかにして事件の真相にたどり着いたのだろうか。彼は、最後のシーンまでは、問題の本を手にしてはいない（最後のシーンでも、本にじかに触れることは慎重に避けている）。ということはもちろん、それを読んではいない。しかし彼は本の内容をかなり正確に思い描くにいたる。彼はそれをホルヘに語ってきかせることまでできるのである。

「わたしの頭のなかで、この『第二部』がどのような内容をもっていたのか、少しずつ明らかになってきた。わたしに毒を回らせてゆくはずの、これから先のページに書いてあることを、そのほとんどすべてを、わたしは読まなくてもあなたに語ってきかせることができるだろう。喜劇は〈コマイ〉すなわち農村で、食事や宴会のあとに述べられる戯れの祝辞として発生した。それは知名の人士や取り立てて有能な人物について語ろうとするのではなく、矮小で、滑稽な、ただし邪悪ではない人物について語るのであり、主人公の死でもって物語は終わらない。それは平凡な人間の欠点や悪癖を示すことによって、滑稽さがもつ効果に達する。ここでアリストテレスは、笑いを誘う傾向を、認識の価値さえ高める一つの善良な力と見なそうとしているのだ。なぜなら、辛辣な謎や、予期せぬ隠喩を介して、あたかも嘘をつくかのように、現実にあるものとは異なった事象を物語ることによって、実際には、それらの事象を現実よりも正確にわたしたちに見つめさせ、そうか、本当はそうだったのか、それは知らなかった、とわたしたちに言わしめるからだ。〔……〕そうであろう?[8]」

つまり、一度も手にしたことがない本についても比較的詳しく語ることができるということである（「そのほとんどすべてを、わたしは読まなくてもあなたに語ってきかせることができるだろう」）。本に触れることが死を招くような状況で、これが特別

8　*Ibid.*, p. 477〔同、三四一頁〕。

な意味をもつことはいうまでもない。しかし一般的にいって、あらゆる書物はひとつのロジックに従っているのである。ヴァレリーが着目したのももっぱらこのロジックだった。アリストテレスの問題の本は、まず『詩学』の続編として位置づけられる。『詩学』はウィリアムがよく知っている著作である。そこで彼は、直観的に捉えたテーマから出発し、この第一部の主要な論点の延長上で、第二部の概要を推測することができたのである。

この書物はもうひとつ別のロジックにも従っている。それはこの書物の内的展開のロジックである。ウィリアムは、アリストテレスの他の著作からそれを再構成する。一個の著作の論理展開はその著作にしか見出されないものではなく、一人の著者のすべての作品は構造上いくつもの類似点を内包しているからだ。そこには、表面上の差異を超えて、著者による現実認識のひとつのパターンが見てとれるのである。

しかし、これらのロジックのほかにもうひとつ、同じくらい重要な要素がある。この第三の要素は内的ではなく外的なものだが、アリストテレスの謎の書物の正体を知る手がかりとなるという点では同じである。すなわち、この書物にたいして人が示す反応にほかならない。一冊の本はそれだけで存在しているわけではない。本は、公にされた瞬間から、それが引き起こすさまざまな言葉のやりとりの総体によって存在するものでもある。そしてこうした言葉のやりとりに注意を払うことは、本を読むことにはならないまでも、本に接近する有効な方法なのである。

ウィリアムがアリストテレスの本の内容を知るにいたったのも、ひとつには、まさにこの種のやりとりのおかげだった。驚嘆するホルヘにいきさつを訊かれた彼は、まず、ヴェナンツィオが行なった調査にヒントを得たと説明する。このヴェナンツィオとは、彼より前にこの本を追い求めて殺された学僧である。このヴェナンツィオが手がかりを残してくれたというのである。

「ヴェナンツィオの残してくれた手がかりも、わたしには役立った。初めのうちは、それらが何を意味するのかわからなかった。しかし平野へ転がってゆく恥知らずな岩や、地下から唱いかけてくる蟬や、敬うべき無花果《いちじく》のことまで話題になったのだ。この種の話ならば、すでに読んだ覚えがあった。この数日をかけて検討してみると、いずれもアリストテレスが『詩学』の『第一部』や『修辞学』[9]のなかで取り上げたものばかりだった。それにセビーリヤのイシドールスが喜劇を

9 〈未〉〇

〈娘ノ乱行ヤ娼婦ノ情事〉を物語るものと規定していたことを思い出した……」[10]

この場合は書かれた言葉（ヴェナンツィオのメモ）だが、口頭でのやりとり（謎の書物に、ときにはそうと知らずに近づいた者全員の会話）でも同じである。もっといえば、殺人行為をはじめとする、この書物が触発した反応のすべてが含まれるだろう。これらすべてのおかげで、ウィリアムは、この本を手にする前に、それを徐々に明瞭に思い浮かべることができたのである。本が不在のまま、それを再創造したといってもいいかもしれない。というのも、この本は、いかに独創的でスキャンダラスであろうと、単独の、隔離された物象ではないのだ。それは、あらゆる本と同様、先述した〈共有図書館〉の一部であって、そこに自然に組み込まれるのである。

ホルヘが殺人を決意したのも、じつは、この書物がまさに〈共有図書館〉のなかに自らの場を見出し、同時に〈共有図書館〉を根底から揺るがすものだったからである。この書物はまず僧院の文書館にとっての脅威である。なぜならそれは、教養という発見と破滅の場へと修道僧たちをさらに踏み込ませかねないものだったからだ。しかしアリストテレスの『詩学』第二部によって（少なくともホルヘによれば）危険にさらされていたのは、この現実の文書館だけではない。それは、現実の壁をもたない、万人の図書館の総体だった。そこに収められた『聖書』をはじめとするすべての書物の意味が、アリストテレスのこの書物の出現によって変えられようとしていたのである。つまり、書物どうしが互いに繋がった無限の連鎖のなかでは、たった一冊の本の導入が、他のすべての本の位置を変える可能性があるということだ。

＊

『薔薇の名前』のなかには、じつは、メイン・ストーリーの陰に追いやられたファクターが二つある。それらは互いに関連しあっている重要なファクターで、本書の主題とも無関係ではない。第一のファクターとして指摘しておきたいのは、ウィリアムはけっして一点の曇りもない推理の果てに真相にたどり着くわけではないということである。彼の名前から、また彼がアリストテレスの書物について正確なイメージを描くにいたることから、われわれは彼の推理は終始完璧だったと想像しがちだが、じっさいのところ彼は途中で一連の誤った推理をするのである。

小説末尾のホルへとの対決をつうじて、ウィリアムは殺人犯の正体を暴くが、それ

10　*Op. cit.*, p. 477〔前掲書、三四〇―三四一頁〕。

はまた彼にとって、自分の推理がいかに誤っていたかを知る機会でもあった。じっさい彼は、初期の一連の捜査をきっかけに、犯人は『黙示録』の予言を忠実に守っていて、この犯罪は『黙示録』の七つの喇叭に呼応しているというまちがった結論を導いていた。[11]

真相にいたる道は次の事態によってさらに複雑なものとなる。すなわち、ホルへは、は、ウィリアムに目を光らせ、彼が『黙示録』をめぐるこの妄想じみた解釈に陥っていることを知ると、それを裏づけるような偽の手がかりを与えるのだ。しかもホルへウィリアムを騙しつつ、自分自身が錯誤に陥り、一連の殺人は神の計画に則してなされていると思い込んでしまうのである。[12]これはパラドックスの極みだというべきだろう。こうしてウィリアムは、自分は事件の真相にたどり着いたが、それは自分が誤解を重ねたおかげであると認めるにいたる。

「わたしは殺人の動機を解明するために、まちがった図式を作りあげ、そのなかへ犯人のほうが入ってきたことになる。さらに、このまちがった図式のおかげで、わたしの追跡の行く手にあなたが現われたことになる[13]」

ウィリアムが推理を度々誤ったというこの事実は、では彼の最終的な推理はほんとうに正しいのかという疑いに道を開く。これが第二のファクターである。小説のなかではこうした疑問はまったく提出されていないが、ウィリアムが度重なる錯誤を経て犯人と書物の特定にいたったのだとするなら、彼のたどり着いた結論が正しいという保証はどこにもない。小説のなかで推理をまちがえてばかりいる「調査官」の冒険が語られている以上、彼が最後に満足できる結論に到達したからといって、それをそのまま信用するわけにはゆかないのだ[14]。

結局、彼が書物と犯人のいずれについても誤った可能性がないとはいえない。また、

11　死んだ修道僧は全員がホルヘに殺されたわけではなかった。一人の死因は自殺だったし、もう一人は別の修道僧によって殺されていた。

12　「アリナルドの考えは以前から聞いて知っていたが、その後におまえも彼の考えに同意していることを誰かから聞いた……そのとき、わたしは自分がなんら責任を負うべきものではない今回の一連の殺人事件が、ほかならぬ神のご計画に則して遂行されているのだと悟った」（*Op. cit.*, p. 475〔前掲書、三三七―三三八頁〕）。

13　*Ibid.*〔同、三三八頁〕。

14　拙著 *Qui a tué Roger Ackroyd ?*（〈忘〉 〇）, Minuit, 1998〔『アクロイドを殺したのはだれか』大浦康介訳、筑摩書房、二〇〇一〕を参照のこと。

彼の推理はそのうちの一方については正しかったが、もう一方についてはまちがっていたという可能性も排除できない。ホルヘが真犯人であるということは認めるとしても（ただしこれも証明が必要だが）、書物がアリストテレスの『詩学』の第二部であるというのは誤りである可能性もあるのであって、その場合、ホルヘにとってはウィリアムにこの錯覚を保持させるほうが都合がいいのかもしれないのである。ホルヘは、この書物よりさらに危険な書物を守ろうとしていたのかもしれないのだ。彼が最後までウィリアムの推理を完全には認めず、アイロニカルな態度をとりつづけることは意味深長である。いずれにしても、度重なる錯誤のあとで提示されたこの推理には割り切れなさが残る。

＊

われわれが話題にする書物は、「現実の」書物とはほとんど関係がない。それは多くの場合〈遮蔽幕《スクリーン》としての書物〉[15]でしかない。エーコの小説の例は、本書で挙げる他のどんな例よりも雄弁にこのことを物語っている。あるいは、こう言ったほうがよければ、われわれが話題にするのは書物ではなく、状況に応じて作りあげられるその代替物である。

アリストテレスの問題の書物は、たんに物質面からいっても、かなりヴァーチャルな書物である。というのも、ホルへもウィリアムもこの本を本当に知っているわけではないからだ。何年も前から視力を失っているホルへは、この本の内容を思い出すことができるだけである。しかもその記憶は妄想によって歪められている。一方、ウィリアムは、この本を大慌てで流し読みするだけである。それ以外はもっぱら自分がいだいたイメージに頼っている。このイメージが不確かであることは先に見たとおりである。二人の各々が、独自の内的プロセスを経て、ひとつの想像上の書物を作りあげているのである。つまり二人は同じ書物について語っているのではないのだ。

こうしてこの書物の自己投影的性格はいやがうえにも強まる。それは二人の幻想を受け止める器となるのである。ホルへにとってこの本は、教会の諸問題を前にした自分の不安の口実である。ウィリアムはこの本のなかに、信仰についての自分の相対主義的な考えかたを正当化してくれる要素を見ている。このように、二人の幻想はとう

15 フロイトは、「遮蔽幕《スクリーン》としての記憶」〔通常「隠蔽記憶」もしくは「遮蔽想起」と訳される〕という表現を、幼年時代についての偽りの思い出を指すのに使っている。彼によれば、その機能は、意識にとって許容しがたい他の記憶を隠蔽することである（«Sur les souvenirs-écrans», in *Névrose, psychose et perversion*〈流〉◎), 1re éd. 1973)。

ていー致しようがない。二人のどちらも本当には本を手にしていないのだからなおさらである。

われわれが話題にする書物はすべて〈遮蔽幕《スクリーン》としての書物〉であり、この無限の書物の連鎖のなかでの一つの代替要素である。このことを理解するには、われわれが子どものときに好きだった本を「現実の」本と比べてみるだけで十分だろう。そうすれば、書物についてのわれわれの記憶、とくに自分の分身といえるほど大事に思われた書物の記憶が、われわれがその時々に置かれている状況と、その状況が内包する無意識的価値によって、いかに不断に再編成されているかが分かるはずである。

書物そのものではなく、われわれが書物について知っていること、あるいは知っていると思っていること、さらには書物について取り交わす言葉——それらが重要になるのは、書物がもつこの〈遮蔽幕《スクリーン》としての書物〉としての性格のためである。われわれの書物についての言説の大部分は、じつは書物について発せられた他の言説に関するものであり、これもまたさらに別の言説に関するものであって、この連鎖には際限がない。そして僧院の文書館は、書物が言語の背後に消えてしまうこの入れ子状になった諸々の言説の明快なシンボルである。なぜならそれは典型的な無限の注釈《コメント》の場だからだ。

これらの言説のなかには、われわれが自分自身にたいして発する言説も含まれるということも忘れてはならない。なぜならこの言説も、われわれを書物から隔て、われわれを守るという点では他人の言説と同じだからである。われわれは、本を読みはじめる瞬間から、いや読む前から、われわれのうちで、また他人とともに、本について語りはじめる。そしてそのあとわれわれが相手にするのは、現実の本ではなく、これらの言説や意見なのである。現実の本は遠くに追いやられ、永遠に仮定的なものとなるのだ。

＊

エーコにおいて書物は、ヴァレリーのとき以上に、われわれがあいまいに語る、不確かな対象、われわれの幻想と錯覚が不断に干渉する対象となる。無限の境界をもつ図書館のなかに置かれ、見出すことのかなわなかったアリストテレスの『詩学』第二部は、われわれが、読むと読まざるとにかかわらず、生涯をつうじて語りつづける書物の多くに似ている。それは再構成された書物であり、原本はもはや遠く、われわれの言語と他人の言語との背後に隠れてしまっている。たとえ命の危険を冒す覚悟があっても、いつかそれに手を触れる日が来るだろうと思ってはならない。

Ⅰ-4

読んだことはあるが忘れてしまった本

読んだけれど忘れてしまった本や、読んだことすら忘れてしまった本は、それでもやはり読んだ本のうちに入るのかを、モンテーニュとともに考える。

このように、「読んだ」本（そのようなカテゴリーが何かの意味をもつとして）と流し読みした本のあいだに大した違いはない。ヴァレリーが自分の論じる本を飛ばし読みしたり、ウィリアム・ド・バスカヴィルが本を開く前からそれについてコメントしたりするのは、理由のないことではない。もっとも真剣で、もっとも遺漏のない読書でさえ、じきに大ざっぱな読書になり、あとから見れば流し読みにひとしいものに変貌するのだからなおさらである。このことを思い知るためには、読書行為が展開する次元、すなわち多くの理論家がないがしろにする時間という次元を考慮に入れるだけで十分である。読書はたんにあるテクストに触れ、知識を得ることではない。読書は時間のなかで推移する。つまり、読書を始めた瞬間から、抗いがたい忘却のプロセスが起動するのである。

私は、本を読む一方で、読んだことを忘れはじめる。これは避けられないプロセスである。このプロセスは、あたかも本を読まなかったかのように感じる瞬間まで続く。読まないも同然の状態、そんなことなら読まなかったのにと思う状態まで続くのである。この場合、ある本を読んだと言うことは、ほとんどひとつの換喩《メトニミー》である。われわれは、多かれ少なかれ、本の一部分しか読まないし、その部分にしても、遅かれ早かれ、時間がたてば消え去る運命にある。こうしてわれわれは、われわれ自身および他人と、本についてというより、本の大まかな記憶について語るのである。その記憶が、そのときそのときの自分の置かれた状況によって改変されたものであることはいうまでもない。

＊

いかなる読者もこの忘却のプロセスを免れることはできない。どんなに偉大な本読みでも同じである。モンテーニュもまたしかり。人はよくモンテーニュを古代文化に通じた、書物を愛する人物として想起するが、彼は自分のことを、ヴァレリーの率直さにも似た率直さで、物忘れの多い読者として語っている。

記憶の消失はなるほど『エセー』[1]のひとつのテーマである。もっとも有名なテーマではないが、よく出てくるテーマにはちがいない。モンテーニュは、記憶がなくなり、そのために不愉快な思いをするとひっきりなしに嘆いている。たとえば、調べものをしに読書室に向かい、途中で何をしに来たのか忘れる。[2]人と話をするときには、思考の道筋を見失わないよう、なるべく余計な話をしないようにする。固有名詞が覚えられないので、使用人を職名や出身地名で呼ぼうと決めたりする。

この問題は、ときとして、モンテーニュに自己の同一性を疑わしめるくらい深刻になる。彼は、自分の名前まで忘れてしまうのではないか、もしそんなことになったら自分はどうやって毎日を生きていったらいいのかと自問するのである。しかも過去の経緯からいって、そんな日が来るのはまちがいないのだ。

記憶の消失は、当然、読んだ本についての記憶の消失でもある。モンテーニュは、書物について論じた章の冒頭から、自分は読んだ本のことを覚えているのが苦手だと素直に認めている。

私は本は読むほうだが、何かを覚えておくのはまったく不得手である。[3] 本についての記憶は、少しずつ、しかし着実に消えてゆく。著者名から本文にいたる本のすべての構成要素が、一つまた一つと、覚えたときと同じ速さで忘れられてゆく。

私は本にざっと目を通すが、仔細に読むことはしない。私のうちに残るのは、もはや他人のものとは識別できないものごとである。自分の判断力にとって有益と思われたこと、自分の判断力が吸収することのできた議論や観念、それだけだ。著者は誰だったか、本のどこに書かれていたか、字句はどうだったか、その他の事柄はすぐ忘れてしまう。[4]

1 〈流〉〈聞〉◎

2 *Les Essais*, II, PUF, 1999, p. 650〔『エセー』（全六巻）原二郎訳、岩波文庫、一九六五―六七、第四巻、九三頁〕。

3 *Ibid.*, p. 408〔同、第二巻、三五七頁〕。

失うものがあれば、得るものもある。モンテーニュは、読んだことを自分のものにしたからこそ本を急いで忘れようとするのである。あたかも本は非個人的な叡智を容れる一時的な器でしかなく、ひとたび任務が遂行されると、あとは消え去るほかないかのようである。ただ、忘却にもポジティヴな面があるからといって、それで問題がすべて解決するわけではもちろんないし、とくに忘却にともなう心理的な問題は依然として残る。何ごともしっかりと記憶できないという不安、日常的に他人と話す必要があるときに強まるこの種の不安は払拭されないのである。

*

しかしこの程度の不都合なら誰にでも起こる。書物から不確かで一時的な知識しか得られないというのは読書の常である。これにたいして、モンテーニュならではだと思われるのは、また彼の記憶障害の範囲の広さを物語っているのは、彼にはしかじかの書物を読んだことじたいを思い出せないことがあるという点である。

私には、何年か前にていねいに読み、書き込みまでした本を、新しい、読んだことのない本だと思って手にとったことが一度ならずある。そこで私は、しばらく前から、このような記憶力の欠陥をいくらかでも補うために、各々の書物の末尾に（ふたたび読む必要がないと判断した書物の場合だが）、読み終えた日付と、大まかな感想を記すようになった。読みながら著者についてだいたいどう思ったかが分かるようにしたいと考えたからである。[5]

記憶の問題はここではより深刻である。忘れられるのは書物だけでなく、その書物を読んだことじたいでもあるからだ。記憶から消し去られるのは読む対象だけでなく、読む行為そのものでもあるのだ（対象の輪郭は、少なくとも漠然とは頭に残るだろう）。まるで読む対象に関するすべてのものが忘却の淵に沈むかのようである。しかし読んだことすら忘れてしまったような読書を、依然として読書と呼べるだろうか。

モンテーニュはじつは自分が好まなかった何冊かの本を比較的正確に思い出している（たとえばキケロのいくつかの作品や、『アエネイス』[6]の複数の書をちゃんと区別

4 *Ibid.*, p. 651〔同、第四巻、九四頁〕。
5 *Ibid.*, p. 418〔同、第二巻、三七五頁〕。
6 〈聞〉◎

している）。これを見ると、忘却から免れたのは、奇妙にも、とくにこの種の本ではなかったかと思われる。おそらくこれらの本から受けた印象が他の本の場合より強かったということなのだろう。ここでも、〈遮蔽幕《スクリーン》としての書物〉が「現実の」本に取って代わるさいの感情的ファクターの役割は決定的である。

モンテーニュは、記憶の問題を解決するのに、読んだ本の末尾に感想を記すという方策を思いつく。読後、時間が経って、忘却が訪れたときに、本を読んだときの著者とその作品にたいする自分の評価はどのようなものであったかを思い出すためである。この書き込みはまた、それが記されている本をたしかに読んだということの証でもある。つまり、本が忘れられたあとも残りつづける読書の足跡というわけだ。

＊

しかし、さらに驚くべきことに、モンテーニュは、読書についての章のこれに続く部分で、この書き込みの理由と原則を読者に説明したあと、平然とその抜粋を披露するのである。つまり、読んだといえるかどうか分からない本について語るのだ。なぜ分からないかというと、彼は本の内容をすでに忘れており、それを思い出すのに自分自身が書いた覚え書きに頼らざるをえないからである。

以下が、私がおよそ十年前に、グィッチャルディーニの本に書いたことである（私の読む本が何語で書かれていようと、私は自国語で書き込みをする）。[7]

「コメント」されている最初の作家はルネッサンスの歴史家グィッチャルディーニで、モンテーニュは彼のことを「勤勉な修史官」[8]と書いている。自分の綴る歴史的事件にみずから関わり、高官におもねるところがほとんどなかっただけに信頼に値するという評価である。二人目の例は、フィリップ・ド・コミンヌである。[9]彼のことは、言葉づかいが平易で、叙述にまじりけがなく、虚栄心が見られないなど、べた褒めである。三つ目は、デュ・ベレーの『回想録』[10]への書き込みの引用である。モンテーニュは、デュ・ベレーが責任ある地位についていたことを評価する一方、王の弁護をしているのではないかと危惧している。[11]

7　*Op. cit.*, p. 418〔前掲書、第二巻、三七五頁〕。
8　*Ibid.*〔同〕。
9　*Ibid.*, p. 419〔同、第二巻、三七六頁〕。
10　〈未〉◯

これらの書き込みについては、そこでコメントされている作品を読んだことも、作品内容も、モンテーニュが覚えているかどうかは定かではない。この書き込みを再読するモンテーニュは、分裂した立場に身をおいているように思われる。彼が引用しているコメントは、真に彼のものだとはいえないし、またださからといって他の誰かのものでもない。彼がここで読者に伝えているのは、これらの書物について彼が昔いだいた感想だが、彼がそれを現在の自分の感想と突き合せることはない。

モンテーニュは引用好きだが、その彼にとってもこの状況は特異である。彼がここで参照しているのは他の作家ではなく自分自身だからだ。極端にいえば、ここでは引用と自己引用の区別がなくなっている。これらの作家について自分が何を言っていたかを忘れ、自分が何かを言ったということすら忘れているモンテーニュは、自分自身にたいして他者となっているのである。そして、記憶の欠落によって自己から隔てられている彼にとって、自己のテクストを読むことは、自己をふたたび見出す試みにほかならない。

モンテーニュのこの自己引用は突飛に見えるかもしれないが、彼のしていることは、結局のところ、あらゆる本読みが——流し読みをするか否かにかかわらず、また記憶力のいかんにかかわらず——していることの延長上にあるといえる。読者というものは、書き込みをするしないは別として、またたとえ読む本をくまなく記憶しているつもりでも、じつは本のいくつかの断片しか記憶していない。そしてそれらの断片は、小島のように、忘却という名の大海に浮かんでいるのである。

＊

モンテーニュがわれわれを驚かせる点は以上にとどまらない。彼は本を読んだことすら思い出せないほど忘れっぽいが、それは他人の本だけでなく自分が書いた本についても同様なのである。

私の書物が他人の書物と同じ運命をたどるとしても、つまり私の記憶から、私が読むものと同じように私が書くものも、また私が受け取るものと同じように私が与えるものも消し去られるとしても、さして驚くには当たらないだろう。[12]

11 *Op. cit.*, p. 419〔前掲書、第二巻、三七七頁〕。
12 *Ibid.*, p. 651〔同、第四巻、九四頁〕。

自分が書いたものを思い出せないモンテーニュは、こうして記憶喪失者がいだくような不安に直面する。自己に忠実であろうとするあまり、知らないうちに同じことを繰りかえし言っているのではないかという不安である。この不安は、『エセー』が時事的なテーマではなく、時間を超えた、いつでも論じられる問題を扱うものであるだけになおさら現実味を帯びる。記憶を失った書き手は、そのような問題を知らないうちに何度も取り上げ、同じ言葉で論じる可能性があるのである。

ここには新しく学んだことは何ひとつ書き入れない。誰でもが思いつくことばかりである。私はそれをたまたま何度も考えついたので、ひょっとしたらすでにどこかに書いているかもしれない。[13]

この「繰り言」は、モンテーニュがたとえばホメーロスのような作家にすらそれが見られて遺憾だと言って非難している当のものである。ましてや自分が書いているような「表面的で一時的にしか見えない」[14]テクストにとってそれはさらに「破滅的」だとモンテーニュは考える。彼はこのテクストを一字一句、自分で気づかないうちに反復して書きかねないのである。

しかし反復の不安は、自分が書いた本のことを忘れることから来る唯一の不都合ではない。もうひとつの不都合は、人が自分のテクストを引用したときに、それが自分のものだと気づかないということである。「人はよく私の書いたものを私に向かって引用するが、私自身はそれが自分のものであると気づかない」[15]とモンテーニュは書いている。この場合、彼は、自分が書いたのに自分で読んでいないテクストについて語る立場に身をおいているといえる。

このように、モンテーニュにおいては、読書はたんに記憶の欠落に結びついているだけではない。それはまた、読書に起因する人格の二重化をとおして、狂気に陥る不安とも結びついている。読書は、人間を豊かにするものであると同時に、離人症を生む危険を孕んでいるのである。なぜならそれは、どんな取るに足らないテクストも固定化できないため、読書主体が自己と同一化できないという事態を不断に引き起こしかねないからである。

13 *Op. cit.*, III, p. 962〔第五巻、三三三頁〕。
14 *Ibid.*〔同〕。
15 *Op. cit.*, II, p. 651〔第四巻、九四頁〕。

モンテーニュは、自己消失を繰りかえし経験している点で、これまで言及してきたどの作家にもまして「読むこと」と「読まない」こととの境界を無効にする作家であるように思われる。書物というものが、読んだかどうかすら忘れてしまうほど、読みはじめたとたんに意識から消えていくものであるとしたら、読書の概念じたいがいかなる有効性ももたなくなる。どんな本も、それを開くにせよ開かないにせよ、別のどんな本とも等価だということになるからである。

＊

モンテーニュが書物と取り結ぶ関係は、誇張されているように見えるかもしれないが、われわれ自身の書物との関係と本質的には変わらない。われわれが記憶に留めるのは、均質的な書物内容ではない。それはいくつもの部分的な読書から取ってきた、しばしば相互に入り組んだ、さまざまな断片であり、しかもそれはわれわれの個人的な幻想によって歪められている。つまりそれは、フロイトのいう〈遮蔽幕《スクリーン》としての記憶〉に似た、捏造された書物の切れはしであって、その機能はとりわけ他の書物を隠蔽することなのである。

したがって、ここでモンテーニュにならって問題にすべきは、読書というより「脱

―読書」である。これはわれわれを絶え間なく引き込む書物忘却のムーヴメントにほかならない。このムーヴメントは、参照項《リファレンス》の消失であると同時に攪乱であり、タイトルと何ページかの記述と化してしまった書物を、われわれの意識の表面に浮かぶ漠たる幻影に変える。

書物が、知識だけでなく、記憶の喪失、ひいてはアイデンティティーの喪失とも結びついているということは、読書について考察を加えるさいにつねに念頭に置いておかなければならない要素である。これを考慮に入れなければ、読書のポジティヴで蓄積的な側面ばかりを見ることになる。読むということは、たんに情報を得ることではない。それはもう一方で忘れることでもある（こちらの方が大きいかもしれない）。それはしたがって、われわれの内なる、われわれ自身の忘却に直面することでもあるのだ。

モンテーニュの文章から見えてくる読書主体のイメージは、統一性のある、自己を保証された主体のイメージではない。それは不確かな、テクストの断片のあいだで自分を見失った主体、これらの断片が誰のものかも分かっていない主体である。この主体は人生の途上でひっきりなしに難局に直面させられる。そして、自分のものと他人のものとを区別することもできなくなって、ついには書物と出会うたびに自分自身の狂気と対面する羽目になるのである。

モンテーニュの経験は、たしかに不安をもたらすものではあるが、ありがたい面がないわけではない。それは、教養というものを到達できない高みにあるものとしてイメージする者すべてに安心を与えてくれるからである。もっとも良心的な読者はなによりも、モンテーニュに似た、意図しない非読者――彼ら自身は書物を完全に把握していると本気で思い込んでいることもあるが、そうした場合も含めて――だということを忘れないでおくことは肝要である。

＊

読書は、何かを得ることであるよりむしろ失うことである。それは、この喪失が流し読みのあとに来ようと、人から本の話を聞いたあとであろうと、漸次的な忘却の結果であろうと同じである。このように考えることは、われわれが読んでいない本について語るという苦しい状況に追い込まれたときに、そこから脱するための戦略を練るさいの大きな心理的原動力となる。しかしその状況とは具体的にどのような状況なのだろうか。本書ではここまで未読のさまざまなタイプを定義してきたが、いまやこの状況について論じる時が来たようである。

Ⅱ どんな状況でコメントするのか

Ⅱ-1 大勢の人の前で

グレアム・グリーンの小説では、主人公の作家が、満場のファンの前で、自分が読んだこともない本について熱心に意見を求められるという悪夢のような状況に直面する。

未読の主要なケースの分析から分かったことは、これらのケースが単純に読書の欠如に還元されるのではなく、もっと微妙な形をとるということだった。以下では、読者が、というより未読者が、読んだことのない本について語らされるいくつかの特徴的な状況に論及したい。これに関しては、私の個人的経験から得られた知見がいくらかでも役に立てば幸いである。

もっともよくある状況は、社交上の集まりにおいて、一群の人々の前で意見を述べなければならない状況だろう。たとえば、夜の集まりで、一座の話題が読んだことのない本に及び、恥をかかないために——というのも、その本は教養人なら誰でも知っていて当たり前だと思われているか、あるいは先走って読んだことがあると言ってしまったので——それについて何かを言わなければならない場合である。

それはたしかに居心地の悪い瞬間だが、話題を変えるなど、ちょっとした機転でそれを切り抜けることもできないわけではない。しかし、聞き手全員が特別の注意を払って耳を傾けているとなると話は別である。状況はたちまち悪夢と化す。これはフロイトが「試験の夢」と呼んでいるものに似ている。文字どおり試験を受ける夢であるが、夢の主体は自分がぜんぜん試験勉強をしていないことに気づき、愕然とするというものである。[1] つまりこの状況は、幼年期に根ざす、一連の隠されていた恐怖を意識に呼びもどす。

＊

グレアム・グリーンの小説『第三の男』[2] のなかでロロ・マーティンズが直面するのがまさにこうした状況である。この小説は有名なキャロル・リードの映画の原作となったものだ。舞台は、フランス、イギリス、アメリカ、ソ連という四国の分割統治下にあった第二次大戦直後のウィーンである。

主人公ロロ・マーティンズは、少年時代からの親友ハリー・ライムに会いにくるように言われて、彼の住むウィーンを訪れる。しかし、彼のアパートに赴いたマーティンズを待っていたのは、ライムは交通事故で死んだところだという報せだった。自分のアパートから出ようとしたところを、車にはねられて死んだということだった。マーティンズは葬儀が執り行なわれている墓地へと向かい、そこでライムの愛人だったアンナと、軍事警察のキャロウェイという男と知り合いになる。

マーティンズは、その後の数日間、自動車事故の現場に居合わせたという何人かの人間に事故の状況について問いただし、彼らの説明に矛盾があることを発見して、友人のライムは交通事故で死んだのではなく誰かに殺されたのだと確信するにいたる。

一方、キャロウェイもライムの死亡状況については疑いをいだいているが、それは別の理由からである。マーティンズにとってライムは思いやりのある友人で、彼はそのイメージにとらわれているが、キャロウェイはライムがじつは凶悪な犯罪者でもあったということを知っているのだ。ハリー・ライムは戦後の混乱に乗じてペニシリンの密売で富をなした人物だったのである。しかもそのペニシリンは使用者に死をもたらすほど危険な代物だった。

ある日、マーティンズは、アンナのアパートを出たところで（彼は自身アンナに恋愛感情をいだくようになっていた）街路に自分を見張っているような人影を感じる。それはライムだった。ライムは生きていたのである。彼は警察に逮捕されるのを怖れ、何人かの手下を使って、自分は死んだと思わせるために芝居を打ったのだった。

その手下の一人をとおして、マーティンズはついにライムとの再会にこぎ着ける。

1　「ギムナジウムの課程を終えるにあたって卒業試験を受けた人は誰でも、試験に落ちてもう一度同じ学年をやり直さなければならない等々という不安夢に、嫌というほどしつこく付きまとわれるものである。学位の取得者であれば、この類型夢は少し形を変えて、自分が大学の口頭試問に通らなかったという夢になる。そしてまだ眠りからさめやらぬ間にも、自分はもう長年医者をやっているではないかとか、私講師として務めを果たしているではないかとか、官庁の主任ではないかとか抗弁してみるのだが、それは無駄な抵抗に終わる。ここでは、われわれが子供のころに悪い行いをして受けた罰が、抜きがたく想い起こされている。この想起が、われわれの勉学のなかでの二つの重大な時点、つまり厳格な試験という「《怒りの日なり、かの日は》」にあたって、われわれの内面でふたたび動き出したのである」（*L'Interprétation des rêves*,（〈忘〉◎）, PUF, 1967, p. 238〔「夢解釈Ⅰ」新宮一成訳、『フロイト全集4』、岩波書店、二〇〇七、三五五—三五六頁〕）。

2　〈流〉◎

二人はプラーター〔ウィーンの歓楽街〕で待ち合わせ、観覧車のなかで話をする。こうして見るライムは昔ながらのいいやつにはちがいなかったが、言葉の端々からは、自分の被害者たちの運命に無関心な、情け容赦のない犯罪者の顔がうかがわれた。

この変化に恐れをなしたマーティンズは、警察と協力し、ライムをもう一度呼び出して逮捕させようと決心する。ライムは彼らが仕掛けた罠をかいくぐり、下水路に逃げ込むが、そこで銃撃戦となり、結局マーティンズに撃たれて重傷を負う。マーティンズは、彼がこれ以上苦しまないよう止めの一発を放つ。彼はそのあと、アンナと連れ立ってウィーンをあとにする。

*

以上が探偵小説仕立てのこの作品のメイン・ストーリーだが、『第三の男』ではこのストーリーと並行してじつはもうひとつの、よりユーモラスなストーリーが語られている。それはマーティンズの職業に関係しているもので、彼は小説家なのである。といっても大作家を自任しているわけではない。彼はバック・デクスターというペンネームで「西部もの《ウエスタン》」を書いているしがない作家にすぎないのだ。『サンタフェの孤独な騎手』[3]などというタイトルがすべてを物語っている。

このペンネームがもとで誤解が生じ、それは小説の最後まで解消されない。マーティンズは、英国文化交流協会《ブリティッシュ・カウンシル》の関係者に、もうひとりのデクスター、すなわち大作家ベンジャミン・デクスターと混同されるのである。ベンジャミン・デクスターは、その作品『曲がったへさき』[4]にも見られるように、ヘンリー・ジェイムズと同じ文学潮流に棹さす作家だった。

しかしマーティンズはあえて誤解を解こうとはしない。むしろ誤解が解けることを慎重に避けている。というのも、彼は文無しでウィーンに着いたものの、この誤解のおかげでホテルに泊り、ライムについての捜査を続けることができるからである。しかし彼は英国文化交流協会《ブリティッシュ・カウンシル》のクラビンという人物になるべく会わないようにしている。会えば、頼まれた講演の話が出るにきまっているからである。

しかし事はそううまくは運ばない。ある日、彼はクラビンに無理やり連れ出され、「本物」のデクスターの崇拝者の前で講演をさせられる羽目になる。こうして彼は、デクスターとして、デクスターの作品のコメントをさせられることになるのである。

3 〈未〉◎
4 〈未〉※

彼はその作品のことをよく知っていると人には思われているが——なぜなら彼こそは作者だと思われているので——、じっさいはもちろんそれを書いても読んでもいないのだった。

*

話をさらにややこしくしているのは、もう一人のデクスターが、大衆作家である彼とはまったく異質な文学世界の住人だったという点である。そのため、マーティンズは、聴衆の質問に答えられないだけでなく、しばしば質問の意味さえ理解できない。

マーティンズは最初の質問の意味が全然わからなかったが、幸いクラビンが穴を埋めて、満足できる返事をしてくれた。[5]

マーティンズの置かれた状況をさらに耐えがたいものにしているのは、彼が相手にしているのが並の読者集団ではないということである。それは文学と「彼の」作品の熱狂的なファンのサークルであり、ようやく実物の作家を前にしたというので、敬意を表したいと願うと同時に、自分の知識を誇示するためにも玄人はだしの質問をしたいと思っている人たちなのである。

手編みの上衣を着た、親切そうな顔をした婦人が、思いつめたように言った。

「ヴァージニア・ウルフほど詩的に人の感情を描いた作家はいないと、まったくいないと私などは思うのですけれど、デクスターさん、そうはお思いになりませんか？　散文で、という意味ですけど」

クラビンがささやいた。「意識の流れについて何かおっしゃったらいかがでしょう」

「何の流れですって？」[6]

デクスターに影響を与えた作家についての質問にも、マーティンズはうまく答えられない。彼自身、師と仰ぐ存在がいないわけではないが、ジャンルがまったくちがうのである。彼は三文小説の作者しか知らないのだ。

5　*Le Troisième homme*, trad. Marcelle Sibon, Le Livre de poche, 1978, p. 101〔『第三の男』小津次郎訳、ハヤカワepi文庫、早川書房、二〇〇一、一一二頁〕。

6　*Ibid.*, p. 104〔同、一一六頁〕。

「デクスターさん、いちばん影響を受けた作家は誰ですか?」

「グレイです」とマーティンズは反射的に答えた。彼はもちろん『紫よもぎの騎手たち』[7]の作者のことを言ったのだった。この答えに大方が納得したように見えたので、彼は喜んだが、ひとりだけ、年配のオーストリア人が聞き返した。「グレイ? 何グレイですか? 私はそんな名前の作家は知りませんが」

マーティンズは少しもひるむことなく答えた。「ゼイン・グレイですよ。私はほかにグレイは知りません」それで、英国人の一団から忍び笑いが起こったとき、彼は狐につままれたような気分だった。[8]

ここから分かることは、マーティンズが何をどう答えようと、それは議論が成り立つかどうかには直接影響しないということである。議論はふつうに続いてゆくのである。というのも、ここでの対話は、現実の空間とは別の空間で繰り広げられているからだ。その空間は、むしろ夢の空間に近いもので、われわれの通常の会話を取り仕切っている法則とは異質の、独自の法則をもっているのである。

マーティンズが困っていると感じたクラビンは、作家と聴衆のあいだを取りもとうとするが、クラビンの干渉は、彼の意に反して、両者のあいだの誤解を増幅させ、やりとりをさらに複雑にする。

＊

「あれはデクスターさんのちょっとした冗談です。先生の言われたのは詩人のグレイです。温厚で、柔和で、繊細な天才です。先生と共通点があります」

「それで、その人はゼイン・グレイというのですか？」

「それがデクスター先生の冗談なんです。ゼイン・グレイはいわゆる西部《ウエスタン》ものの作家です。山賊やカウボーイのことを書く、低級な大衆小説家です」

「偉大な作家ではないのですか？」

「いや、いや、とんでもない。厳密にいえば、あんなものは作家ですらありません」[9]

7 〈未〉◎

8 *Op. cit.*, p. 101〔前掲書、一一三頁〕。

9 *Ibid.*, p. 102〔同、一一三―一一四頁〕。

クラビンのこの言葉にマーティンズはカチンとくる。彼自身の文学上の縄張りと食い扶持にたいする攻撃だからである。マーティンズはふだんは自分のことを作家だとは思っていないが、こんなふうにあからさまに否定されると、逆に作家魂が湧き起こってくる。

その言葉を聞いてはじめてムッときた、とマーティンズは私に語った。彼は自分を作家だと思ったことはなかったが、クラビンの自信が彼を立腹させた。クラビンの眼鏡が照り返す光までが、いらいらさせる原因となった。クラビンは言った。「彼はたんなる通俗的な芸人でした」

「それで何がいけないんですか?」とマーティンズは食ってかかった。

「ああ、いや、私はただ……」

「それじゃあシェイクスピアは何だったんですか?[10]」

状況はますます混迷の度を増す。マーティンズはたしかに自分が語ろうとする作家の作品を書いていないのはもちろん、読んですらいないが、彼に助け舟を出そうとするクラビンはクラビンで、自分のよく知りもしない作家について発言しているのである。

「あなたはゼイン・グレイを読んだことがあるんですか？」

「いえ、読んだとはとても……」

「だったらそんなこと言えないでしょう」[11]

マーティンズの言うのはもちろん正論である。しかし、クラビンの評価は、ある書物について〔たとえそれを読んでいなくても〕なんらかの考えをいだくことを可能にしてくれるあの〈共有図書館〉のうちに占めるグレイの位置にもとづいている。彼は、グレイの小説のタイトルや、それが属しているジャンルや、マーティンズの言葉が予感させるものにもとづいて意見を述べているので、その立場は、これまで言及してきたベテランの未読者たち——これと同じ状況に置かれても臆することなく感想を述べ

10　*Ibid.*〔同、一一四頁〕。
11　*Ibid.*〔同〕。

る作家たち——の立場と基本的には変わらないのである。

よくこの窮地から脱出する。これには二つ理由が考えられる。

第一の理由は、どんな質問が来ようともたじろがない彼の姿勢である。

聴衆はときおり驚いた様子を見せるものの、マーティンズはどちらかといえば首尾

*

「それではジェイムズ・ジョイスはどのように位置づけられますか?」

「位置づけるとはどういう意味ですか? 私は誰も、どこにも位置づけたくはありません」とマーティンズは言った。今日は本当にいろいろなことがあった一日だった。クーラー大佐といっしょに深酒をした。恋に落ちた。一人の男が殺された。そして今は、自分が笑いものにされているという不条理な思いをいだいていた。ゼイン・グレイは彼にとって英雄の一人だった。こんなばかばかしい話には我慢がならなかった。

「つまり、ジョイスを真に偉大な作家の一人と考えておられるかということです」

「本当のことを言わせてもらえば、そんな名前は聞いたことがありません。何を書いた作家なんですか？」[12]

マーティンズが見せるこの落ち着きは、ひとつには彼の性格から来るものだが、もう一方で、彼の置かれた立場がもたらす権威のおかげでもある。彼にはこの集まりを開いた英国文化交流協会《ブリティッシュ・カウンシル》という後ろ盾があり、また面前には彼を一目見ようと集まった彼の崇拝者たちがいる。彼が何を言おうと、それが悪くとられることはない。彼の正体がばれないかぎり、この象徴的な場で彼が愚言を発するなどとは誰も考えないのである。こうして、彼が無知をさらけ出せばさらけ出すほど、彼は別の意味で聴衆を圧倒することになる。

彼自身は気づかなかったが、彼のこの言葉は聴衆に深い感銘を与えたのだった。ただ偉大な作家のみが、かくも不遜な、かくも独創的な態度がとれるのだ。幾人かの聴衆は、封筒の裏にゼイン・グレイの名を書きとめた。伯爵夫人はしゃがれ

12 *Ibid.*, p. 103〔同、一一五頁〕。

声でクラビンにささやいた。

「ゼインというのはどう綴るのですか？」

「じつはよく知らないんです」

いくつもの名前が一度にマーティンズに向かって投げかけられた。スタインという、ちょっと尖がったような名前や、ウルフなどという、円い小石のような名前があった。知的な黒い前髪を垂らしたオーストリア人の青年が、「ダフネ・デュ・モーリエ」と叫んだ。クラビン氏はたじろいで、マーティンズを横目で見ながら、低い声でささやいた。「大目に見てやってください[13]」

立場から来る権威というのは、書物についてのやりとりのなかで重要な役割を果たす要素である。たとえば、文章を引用するということからして、自己を権威づけるための、あるいは相手の権威をおとしめるためのひとつの方法にほかならない。マーティンズがベンジャミン・デクスターを西部《ウエスタン》ものと結びつけたところで、彼が反論される気づかいはない。彼の発言は、この作家についての独創的な解釈と受け取られるだけである。もしそれが常識を超えている場合は、ユーモアとして片づけられるだろう[14]。いずれにしても、彼の言葉は発せられる前から正当と見なされているのであって、その意味で内容はあまり重きをなさないのである。

こうした権力関係を洗い出し、研究することは重要である。言い換えれば、書物について語るときに自分が正確にどのような立場にいるのかを分析することは、読んだことのない書物に関するわれわれの考察には欠かせないエレメントである。なぜなら、

13 *Ibid.*〔同、一一五―一一六頁〕。
14 マーティンズの乗った飛行機はウィーンに着く前にフランクフルトに寄るのだが、彼はそこでもう一人のデクスターとまちがわれ、彼のナイーヴな発言はそこでもユーモアと受け取られる。

そのとき、二十フィート離れたところからでも新聞記者と分かる男が、彼のテーブルに近づいてきた。

「デクスターさんですか?」

「ええ」とマーティンズは不意を突かれて答えた。

「写真よりお若く見えますね。〔……〕アメリカ小説をどう思われますか?」

「読みません」

「例の辛辣なユーモアというやつですね」と記者は言った。(*Ibid.*, p. 22〔同、二二―二三頁〕)

こうした分析のみが、マーティンズがここで陥っているような劣勢状況を脱するための方策を見つけ出すよすがとなるからである。これについては後にふたたび触れるつもりである。

*

マーティンズが置かれた状況は、公開講演会という状況である。ここでは、作家は自分が語っていることになっている本を読んでいないが、対する聴衆も、彼が書いた本を読んでいない。これはまさに「耳の聞こえない者どうしの対話」[15]と呼ばれるものの典型例である。

この種の対話状況は、『第三の男』では誇張して描かれているが、書物について語る場合には、われわれが考える以上によくある状況である。話し手のうちの誰も、話題にしている本を読んでいない、あるいはざっと読んだだけというのはよくあることで、その場合はみんなが別々の本についてコメントしているも同然である。

しかも、たとえ全員が本を手に取ったことがあり、読んだことがあるという、もっと珍しいケースでも、ウンベルト・エーコが示した例に見られるように、話題にされているのは、現実の書物よりも断片的な、再構成された書物である。すなわち、他の読者の書物とは関係のない、したがってそれらと同一視することなどほとんどできない〈遮蔽幕《スクリーン》としての書物〉である。

ここでの問題は、じつは一冊の書物の枠を超える問題である。「耳の聞こえない者どうしの対話」が起こる原因は、マーティンズの場合のように、たんに二人の作家のあいだの違いにあるのではなく、二つの陣営が、二つの別々の書物の集合体、というより、互いに異なり、対立する二つの〈図書館〉を出発点として対話しようとしているということにもあるのである。競合関係に入るのは、たんに二冊の本だけではない。それは二系列の名前のリスト（デクスターとデクスター、グレイ Grey とグレイ Gray）であり、その背景にあるのは、深層において異なる、互いに相容れないとすらいえる、二つの教養の対決なのである。

この書物の集合体を、私は〈内なる図書館〉と呼びたい。それは〈共有図書館〉の下位に分類されるべき集合体で、それにもとづいてあらゆる人格が形成されるとともに、書物や他人との関係も規定される。[16] そこにはたしかにいくつかの具体的なタイト

15　この概念については拙著 *Enquête sur Hamlet. Le dialogue de sourds*（〈忘〉×）, Minuit, 2002〔『ハムレット事件を捜査する——耳の聞こえない者どうしの対話』〕を参照のこと。

ルも見られるが、〈内なる図書館〉を形成しているのはとくに、モンテーニュの読書室と同様、忘れられた書物や想像上の書物の断片である。それらをとおしてわれわれは世界を把握しているのである。

『第三の男』では、「耳の聞こえない者どうしの対話」が起こるのは、聴衆の〈内なる図書館〉とマーティンズのそれとが一致しておらず、あるいはほとんど一致しておらず、両者が出会う平面がきわめて限られているからである。いくつかのタイトルが話題に上るが、ことは一冊の本だけの問題ではない。より広く書物および文学の観念そのものの問題でもある。そして両陣営の〈図書館〉が一致しない以上、それを一致させようとする試みは不可避的に緊張を生み出す。

＊

このように、われわれが一冊の本だけについて会話を交わすということはけっしてない。ある具体的なタイトルを介して、一連の書物が会話に絡んでくるのであって、個々の書物は、教養というもののひとつの観念全体へとわれわれを導く、この全体の一時的象徴にすぎない。われわれが何年もかけて築き上げてきた、われわれの大切な書物を秘蔵する〈内なる図書館〉は、会話の各瞬間において、他人の〈内なる図書館〉と関係をもつ。そしてこの関係は摩擦と衝突の危険を孕んでいる。というのも、われわれはたんに〈内なる図書館〉を内部に宿しているだけではないからである。われわれ自身がそこに蓄積されてきた書物の総体なのである。それらの書物は、少しずつわれわれ自身を作り上げてきたもの、もはや苦しみを感じさせることなしにはわれわれと切り離せないものなのだ。そして、マーティンズが自分の師である作家の小説にたいする批判に耐えられないように、われわれの〈内なる図書館〉の本を中傷するような発言は、われわれのアイデンティティーの一部となったものにたいする攻撃として、ときにわれわれをもっとも深い部分において傷つけるのである。

16 〈内なる図書館〉とは、私が本書で導入する三つの〈図書館〉のうちの〈共有図書館〉につづく二つ目のもので、個々の読書主体に影響を及ぼした書物からなる、〈共有図書館〉の主観的部分である。

II-2 教師の面前で

ティヴ族の例が示すように、ある本をまったく読んでいなくても、それについてまっとうな意見を述べることはできるという話（専門家はこうした意見に不満かもしれないが）。

私は教師として、読んだことのない本について大勢の人の前でコメントしなければならないという状況に何度も身をおいたことがある。それは文字どおり読んだことのない（開いたことすらない）本の場合もあれば、ざっと読んだだけの本の場合も、読んだが忘れてしまった本の場合もあったが、ロロ・マーティンズよりうまく事態を切り抜けられたかどうか自信はない。ただ私はしばしば、私の話を聴いている学生たちも私と同じで、本を読んではおらず、きっと気持の余裕もないにちがいないと自分に言い聞かせて安心しようとした。

しかし時が経つにつれて分かってきたことは、学生たちはこうした状況を微塵も苦にしていないということだった。じっさい彼らはよく、読んだことのない本について、私が期せずして与えるいくつかのヒントを手がかりに、当を得た、ときには正確ですらある発言をするのである。以下では、私が教えているしかじかの学生を例にとるわけにもいかないので、地理的には遠いが、内容的には近いと思われるティヴ族の例を取り上げたい。

*

ティヴ族はアフリカ西海岸に住む一部族である。人類学者ローラ・ボハナンが語るティヴ族の一団は、厳密な意味で学生であるわけではないが、学生と同じ状況に身をおいている。ボハナンは、彼らが聞いたこともないイギリスの戯曲作品の内容を彼らに説明しようとするのである。その作品とは『ハムレット』[1]にほかならない。

シェイクスピアの戯曲を紹介するというこの行為には理由がないわけではない。ロ

1 〈流〉〈聞〉◎

ーラ・ボハナンはアメリカ人だが、彼女にはイギリス人の同僚（男性）がいて、彼はアメリカ人にはシェイクスピアなど理解できないのではないかと思っている。そして彼女が人間の本性はどこでも同じだろうと反論すると、彼はそんなこと証明できるものならしてみせてほしいと言う。こうしてボハナンは、アフリカに出発するにあたり、人間は文化の違いにかかわらずどこでも同じだということを証明したいという思いから、『ハムレット』を荷物に入れて持っていくのである。

ローラ・ボハナンがティヴ族のもとを訪れるのはこれが二度目である。彼女はある長老の領地に住まわせてもらうが、その長老は非常に博識な人物で、多少とも親戚関係にある一四〇人ほどの集団の長である。ボハナンは人類学者として彼らの儀礼の意味について話し合いたいのだが、彼らはビールを飲んでばかりいる。そこで彼女はしかたなしに自分にあてがわれた小屋にこもり、ひたすら『ハムレット』を読む。そしてこの作品の明らかに普遍的と思われる解釈を練り上げる。

一方、ティヴ族の人々は、ローラ・ボハナンが何時間も同じ本を読んでいるのに気づき、興味を引かれて、その面白そうな話を自分たちにも聞かせてくれないかと頼む。ただ分からないところがあればそのつど説明してほしい、言葉の間違いは大目に見るからとも言い添える。こうして彼女にとっては、自分の仮説を検証し、シェイクスピア劇は万人に理解可能だということを証明する願ってもない機会が訪れる。

＊

ところが、ローラ・ボハナンが戯曲の冒頭のシーンを説明しているときに、早くも疑念が表明される。ある晩、とある首長の領地の前で見張りに立っている三人の男が、突然、死んだ首長が近寄ってくるのを目にするシーンである。ティヴ族の人々はまずそれが理解できないと言う。彼らにとっては、三人が目にしたものは死んだ首長ではありえないのである。

「どうしてその人物はもう彼らの首長ではないのか？」

「死んでしまっているからです」と私は説明した。「だから彼を見たとき、三人はびっくりして、恐がったんです」

「ありえない」と年寄りの一人が言い、吸っていたパイプを隣の男に渡すと、今度はその男が年寄りをさえぎって言った。「もちろんそれは死んだ首長なんかじゃない。それは魔術師が送ったサインだ。話を続けなさい」[2]

ローラ・ボハナンは聴衆が平然としているのを見てとまどうが、それでも話を続ける。今度はホレイショーが死んだ首長に語りかけ、平和を見出すにはどうしたらいいかと問うが、死者は何も答えないので、この問題は首長の息子のハムレットがどうにかしなければならないと断言するシーンである。ここでも聴衆は疑念を表明する。というのも、この種の問題はティヴ族にとっては若者ではなく年寄りの権限に属する問題だからである。それに死んだ首長にはクローディアスという弟がいて、その弟はまだ生きているというではないか。

年寄りたちは口のなかでぶつぶつ言った。こういう問題は首長や年寄りが考える問題であって若者がどうこうする問題じゃない。首長に隠れてやることにいいことはひとつもない。ホレイショーが物事をわきまえた人間じゃないことは明らかだ。[3]

ローラ・ボハナンがとりわけ狼狽したのは、亡父ハムレットとクローディアスは母親が同じなのかと訊かれて答えられなかったときである。ところがこれはティヴ族の人々にとっては最重要の問題なのである。

「父のほうのハムレットとクローディアスは母親が同じなのか？」

この質問の意味を理解する余裕は私にはなかった。あまりに動揺し、面食らっていたので、これが『ハムレット』のもっとも重要な要素のひとつであるということに気づかなかったのだ。私はいささかあいまいに、母親は同じだと思う、でも確かではない、作品ではこのことにはまったくふれられていないと答えた。すると長老は、深刻な顔をして、こういう家系の話は大事で、これいかんですべてが変わってくる、国に帰ったらこの点を年寄りに質しなさいと言った。そして戸口から若い妻の一人に声をかけ、山羊皮の袋を持ってくるように言った。[4]

ローラ・ボハナンの話は次にハムレットの母ガートルードに及ぶが、ここでも事は

2 «Hamlet chez les Tiv», trad. Jean Verrier, in *Revue des Sciences Humaines*, Presses Universitaires de Lille, n°. 240, p. 164.　このテクストの存在を教えてくれたジャン・ヴェリエに感謝する。私はすでに *Enquête sur Hamlet*, *op. cit.* においてこのテクストに言及した。

3 *Ibid.*

4 *Ibid.*

うまく運ばない。西洋人がこの戯曲を読む場合、ガートルードが夫の死後、しかるべき期間を経ないですぐに再婚したことに憤慨するのがふつうだが、ティヴ族の人々は、反対に、よくこれだけ長いあいだ待てたものだと驚くのである。

「息子のハムレットは母親がこんなに早く再婚したことをとても悲しみました。母親がそうしなければならない理由はまったくなかったし、私たちの国では、寡婦は二年間は喪に服して、そのあいだは別の男とは結婚しないのが慣わしなんです」

「二年は長すぎます」と夫の使い古した山羊皮の袋を持って現われた長老の妻が言った。「夫がいないあいだ誰が畑の草取りをするんです?」

「ハムレットです」と私はよく考えもしないまま言い返した。「彼は母親の畑の草取りができないほど子供ではありませんでした。母親が再婚する必要などなかったんです」しかし誰も納得したようには見えなかった。私もそれ以上は言わなかった。[5]

*

ローラ・ボハナンは、このように、ハムレットの家族状況をティヴ族にうまく説明できない。しかし亡霊の話はもっと厄介である。『ハムレット』および西洋社会において亡霊というものが占める重要な位置を彼らに理解してもらうのはさらにむずかしいのだ。

私は独白の部分は飛ばすことにした。ここの人々はクローディアスが死んだ兄の妻を娶ってよかったと思ってくれるかもしれなかったが、毒殺の話が残っており、彼らが兄弟殺しを容認しないことは知っていたからだ。私には次に来る話のほうが期待がもてた。「その夜、ハムレットは、死んだ彼の父親を見たという三人の男と見張りに立ちます。そこに死んだ首長がまた現われ、三人は怖がりますが、ハムレットは父親のあとに付いていきます。二人きりになったとき、ハムレットの死んだ父親が口を開きます」

「サインがしゃべるわけないだろう」と長老が言った。

「ハムレットの死んだ父親はサインではなかったんです。彼らはサインでも見る

5 *Ibid.*, p. 165.

ことができたでしょうが、死んだ父親はサインではありませんでした」聴衆は、話している私と同じくらい面食らったように見えた。「それはほんとうにハムレットの死んだ父親だったんです。それは私たちが「亡霊」と呼んでいるものでした」[6]

驚くことに、ティヴ族は亡霊の存在を信じていない。亡霊はわれわれには馴染みぶかい存在だが、彼らの文化のなかにはそれに当たるものはないのである。

私は英語の「亡霊《ゴースト》」という言葉を使わざるをえなかった。ここの人たちは、近隣の多くの部族とはちがって、死後の生というものをまったく信じていなかったからだ。

「「亡霊」というのはなんだ？　まぼろしのことか？」

「いいえ、「亡霊」というのは、死んではいるけれども、歩き回ったり、話したりできる人間のことです。「亡霊」の声を聞くことも、姿を見ることもできます。でも触ることはできません」

彼らは反論した。「ゾンビなら触ることはできる」

「いや、「亡霊」というのは、魔術師が生き返らせていけにえにして食べる死体のようなものじゃありません。ハムレットの父親は誰かに歩かされているんじゃないんです。自分で歩いているんです[7]」

そう言ったところで無駄だった。というのも、不思議なことに、ティヴ族はアングロ＝サクソンより合理的な考えかたをしていて、彼らには死者が歩くなどという考えは受け容れられないことだったからである。

「死人が歩けるわけないだろう」と聴衆は声をそろえて異論を唱えた。

私は少しは妥協してもよいと思った。「「亡霊」というのは死人の影なんです」

しかしこれにも彼らは反論した。「死人に影などない」

「でも私の国ではあるんです」と私はぴしゃりと言った。

すぐに不信の声がそここから上ったが、長老はこれを鎮め、迷信にとらわれ

6 *Ibid.*, p. 166.

7 *Ibid.*

た無知な若者の愚論を前にしたときのように、そらぞらしく、かつ慇懃なそぶりで私の意見に同調した。「おそらくあんたの国では死人はゾンビでなくても歩くことができるんだろう」そして長老は、袋の奥から干したコラノキの実をひとつ取り出し、毒入りでないことを示すために一口かじったあと、残りを講和のしるしとして私に差し出した。[8]

かくして、ローラ・ボハナンは『ハムレット』を最後まで語って聞かせるのだが、彼女にどれほど譲歩する用意があろうと、シェイクスピア劇を介してティヴ族の人々と言説対象を共有し、彼らとのあいだの文化的な溝を埋めることはできないのである。

*

以上に見たように、ティヴ族の人々は『ハムレット』を一行も読んだことはないが、それでもこの戯曲についていくつかの明確な考えをいだくことができる。そして、私が講義で言及する本を読んだことがない私の学生と同様、この戯曲について議論することも、自分の意見を述べることも難なくできるのである。いや、できるだけでなく、進んでそうしようとするのだ。

ただ、彼らはたしかにこの戯曲の内容に関して自分たちの考えを表明するが、かといってその考えは、戯曲を知ると同時にできあがったものでも、それよりあとに生まれたものでもない。それは極端にいえば戯曲を必要とすらしていない。彼らの考えはむしろ戯曲を知る前からでき上がっていたのである。つまりそれは、ひとつの体系として組織された、ある世界観の総体を形づくっているのであって、そのなかにシェイクスピアの作品は迎え入れられ、場を得たのである。

いや、作品というより、ありとあらゆる会話や文章のなかを循環し、作品が不在のときにそれに取って代わる多数の情報の断片というべきだろう。ティヴ族の人々は想像上の『ハムレット』について語っているのだ。ではローラ・ボハナンの語る『ハムレット』はそれより現実的だろうか。彼女がこの戯曲を彼らよりよく知っていることはたしかだが、彼女の『ハムレット』の方がより現実的だとはいえない。これもまた、系統だった、さまざまな表象の総体として捉えられているからである。

私はこの神話的、集団的、ないし個人的な表象の総体を〈内なる書物〉と呼びたい。これは、われわれが新たに本に出会うたびに、われわれとその本のあいだを仲介し、

8　*Ibid.*

われわれの知らないうちに読解のしかたを方向づけるものである。ほとんど無意識の領野に属するこの想像上の書物は、新しいテクストの受容にさいしてフィルターの役割を果たし、テクストのどの要素を取り上げ、それをどのように解釈するかを決定する。[9]

この〈内なる書物〉は、内在的かつ理念的で、ティヴ族の例から分かるように、ひとつないし複数の伝説的物語を内に含んでいる。そしてこれらの物語は〈内なる書物〉の所有者にとってきわめて重要である。なぜなら、そこで語られているのは人間の誕生や終末の物語であるからだ。ティヴ族の人々の〈内なる書物〉の場合、そこに含まれ、彼らの結束の基盤となっている、血統や死後の生に関する理論に、ローラ・ボハナンのシェイクスピア読解が抵触するのである。

つまり、彼らが耳にしているのは、『ハムレット』の物語ではなく、その物語のなかで、家族や死者のありかたについての彼らの表象に適合し、その正当性を確認させてくれる部分なのである。一方、適合する部分がない場合、物語のなかの不穏当な箇所は、考慮されないか、変更される。すなわち、『ハムレット』――というよりボハナンの視点で語られた『ハムレット』が彼らに与えるイメージ――が〈内なる書物〉とできるだけ合致するよう変更される。

ティヴ族の人々は、ローラ・ボハナンが語ろうとしている作品について議論しているわけではないのだから、作品を直接知る必要はない。議論に参加するには、ボハナンが少しずつ伝えてくれるいくつかの情報だけで十分なのである。この議論は二つの〈内なる書物〉のあいだの議論である。そこではシェイクスピアの戯曲は、議論する

9 〈内なる書物〉は、本書で扱う三種の〈書物〉のうちの二番目のもので、われわれが書物に変形を加え、それを〈遮蔽幕《スクリーン》としての書物〉にするさいの影響源となるものである。「内なる書物」という表現は、プルーストによっても似たような意味で使われている。「さまざまな未知の記号からなる内的書物についていえば（それら奥行きのある諸々の記号を、私の注意力が、私の無意識の領野で、潜水夫が測深するように、探ったり、それにぶつかったり、その輪郭をなぞったりするのだったが）、それらの記号を読むのに誰もなんらかの物差しで私を助けることはできなかったし、その読解は、何者もわれわれの代わりに行なうことのできない、われわれと協同で行なうことすらできない、ひとつの創造行為だった。〔……〕すべての書物のうちでももっとも解読のむずかしいこの書物はまた、現実がわれわれに口述した唯一の書物、その「印象」がわれわれの内部で現実そのものによって生み出された唯一の書物でもある」（*Le Temps retrouvé*, Gallimard, Pléiade, T. IV,（〈流〉〈聞〉◎）1989, p. 458〔「見出された時I」『失われた時を求めて』鈴木道彦訳、集英社、二〇〇〇、三二三―三二四頁〕）。

どちらの側にとっても、口実にすぎない。

もっというと、彼らが意見を表明しているのは主として自分たちの〈内なる書物〉についてなのだから、彼らは、似たような状況に置かれた私の学生たちと同様、シェイクスピアの作品を知る前にそれについて発言することもできたはずである。作品そのものは、いずれにしても、〈内なる書物〉がもたらす考察の枠のなかで溶解し、消えてゆく運命にあるのだ。

＊

〈内なる書物〉は、ティヴ族の場合、個人的であるより集団的である。それは彼らの文化一般にかかわる表象から成っており、そこには家族関係や死後の世界に関して彼らが共有している観念が含まれている。それだけではない。そこには読書そのもの、書物についての論じかた、想像界と現実との境界設定などについての観念も含まれている。

われわれは、ティヴ族のひとりひとりについては——長老は別として——何も知らない。彼らの強い結束のせいで皆が似通った反応をしているということもあるだろう。しかし、それぞれの文化に集団的な〈内なる書物〉があるように、各構成員にも個人的な〈内なる書物〉がある。そして後者は、文化的対象の受容、ということはその構築にさいして、前者と同じくらい、いやひょっとしたら前者以上に積極的な役割を果たす。

各人に固有の幻想と私的伝説で織りなされているこの個人的な〈内なる書物〉は、われわれの読書欲の牽引役である。われわれが書物を探したり、それを読んだりするのは、この〈内なる書物〉があるからにほかならない。〈内なる書物〉はあらゆる読者が探し求めている幻想的対象であって、読者が人生で出会う最良の書物も、さらなる読書へと誘う、その不完全な断片にすぎない。

書物の書き手が探求し、形にしようと努めるのも、その書き手の〈内なる書物〉だといえるかもしれない。作家というものは、自分が書いた書物にも、出会う書物にも、それがどれほどよくできたものであろうと、絶えず不満足である。だから書きつづけるのだ。たしかに作家は、不断に追い求め、接近するが、けっして到達できないこの完全な書物——つまり自分に見合った書物——の理想的なイメージなしには、書きはじめることも、書きつづけることもできない。

個人的な〈内なる書物〉は、集団的な〈内なる書物〉と同様、諸々の書物を受容するさいの受け皿となり、それらを再構成する働きをもつ。この意味でそれは、書物を、ひいては世界を解読するためのグリッドを提供する。そして透明性の幻想を与えつつ、書物や世界を発見せしめる。

書物についての会話をむずかしくしているのは、まさにこの〈内なる書物〉である。これがあるために書物が単一の言説対象になれないのだ。〈内なる書物〉は、私が『ハムレット』について書いた本のなかで「内なるパラダイム」と呼んだものに似ている。「内なるパラダイム」とは各人の現実受容のシステムで、それぞれがあまりに特殊であるため、二つのパラダイムが真のコミュニケーションを交わすことはできないのである。[10]

〈内なる書物〉の存在は、〈脱-読書〉とともに、書物についての議論の空間を不連続で不均質なものにする。われわれがすでに読んだ本と考えているものは、たとえそれが物質的にはわれわれが手に取った本と同じであるとしても、われわれの想像界によって改変された、他人の本とは関係のない、雑多なテクスト断片の集合にすぎない。

＊

ティヴ族の人々が自分たちの読んでいない本についてどうみても偏った意見を述べるからといって、彼らの読みかたが戯画的であるとか、見るべき点がないなどと考えてはならない。それどころか、彼らはシェイクスピアの戯曲にたいして二重の意味で外側にいる――読んでいないだけでなく、文化を異にしている――おかげで、それについてコメントする恰好の立場にあるのである。

亡霊の話を信じないティヴ族の人々は、まさにそのことで、シェイクスピア批評の少数派だが活発な潮流に近い立場に身をおいている。この潮流に属する批評家たちは、ハムレットの父親の再出現に疑問を呈し、主人公ハムレットは幻覚に囚われていたのではないかと示唆しているのである[11]。異説ではあるが、少なくとも検討に値する仮説である。これをシェイクスピア劇とは無縁のティヴ族の人々が支持しているのだ。作品を知らないことは、逆説的にも、彼らにより直接的な接近を可能にする。しかもそれは、作品の隠された真実といったものへの接近ではなく、作品がもちうる無数の豊かさのひとつへの接近である。

このように、本章の冒頭でふれた状況において、私の学生たちが、私がコメントする書物を読んでいないにもかかわらず、すぐにその要素のいくつかを摑みとり、自分

10 *Enquête sur Hamlet, op. cit.*

11 *Ibid.* 参照。

たちの文化的表象と個人史にもとづいて、その書物について臆することなく発言するのには、何の不思議もないのである。そして彼らの発言が、その書物を読んでいたらもたらしえなかったかもしれない独創的な解釈をもたらすのにもまた何の不思議もない。

Ⅱ-3 作家を前にして

ピエール・シニアックが示すように、ある本について、それを書いた作家の前で話さなければならないときには——とくに作家自身がその本を読んでいないときは——言葉に気をつけた方がいい場合があるという話。

教師というのはかならずしも自分が話題にしていることに通じているわけではないので、教師の面前で読んだことのない本について話すというのはそれほど辛い状況ではない。もっと辛いのは、本の著者を前にして話す場合である。著者は、自分の本について読者がどう思っているかを誰よりも知りたがるものだし、そのさい読者が真実を語っているかどうかを誰よりも気にするものだと考えられるからである。もちろん著者は自分自身の本を読んでいるとふつうは思われている。

作家を前にするといったことはめったに起こるものではないと人は考えがちである。そもそも作家と出会うことじたい稀なことであるし、ましてや、ある本を読んでもいないのに読んだふりをする当の相手がその著者であるなどという場合が万が一にもあるとは誰も思わない。

しかし職業上こうした状況に遭遇する人間がいないわけではけっしてない。たとえば批評家がそうである。彼らはよく作家に会う。創作と批評の両方をする人間もいるのでなおさらである。作家と批評家が住んでいる世界は狭いので、彼らが誰かの本をコメントする場合には、べた褒めするのが慣例である。

不幸にして、大学の教師の場合も同じである。私の同僚は、そのほとんどが本を出版する。そしてその本を私に寄贈するのを義務と考えている。したがって私は、毎年、本の著者に自分の意見を述べるというデリケートな状況に身をおくことになる。これらの著者は、自分の書いた本のことをよく知っており、しかも経験を積んだ批評家である。私が本をじっさいにどの程度読んだのか、でたらめを言っているのではないか、などが見抜ける人たちなのである。

*

ピエール・シニアックの有名な推理小説『フェルディノー・セリーヌ』[1]の冒頭で、二人の主人公が、ある文学愛好家向けのテレビ番組で発する言葉をひとことで形容するとしたら、「あいまいな」という形容詞がもっともふさわしいだろう。二人の主人公とは、ベストセラー小説『褐色のジャヴァ』[2]の名目上の共著者ドシャンとガスティネルである。彼らは番組の司会者にたいして奇妙な態度を見せる。彼らは、この本のおかげで大儲けをし、こうしてテレビにも呼ばれたわけだから、喜んでいいはずなのだが、まるで本について発せられる質問には答えたくないかのような様子なのである。二人の著者のうち、年が若くて痩せぎすなのがジャン＝レミ・ドシャンである。彼は明らかに居心地が悪そうである。

　ドシャンのほうは、いまにもまどろみそうな、虚ろな様子だった。流れについていけていないように見えた。カメラを向けられると、もじもじして、居心地が悪そうで、たまに口を開くことがあっても、言葉はほとんどいつも尻切れとんぼ

1 〈流〉○
2 〈未〉×

だった。[3]

疲れていたからだけではない。ドシャンが彼自身の本の話題に、語り手の言いかたを借りれば「散漫どころではなかった」[4]のには、それ相応の理由があった。彼は自分一人で書いたはずのこの本をガスティネル――彼とは対照的に太っちょだった――に半分横取りされたのである。ガスティネルは無理やり本のカバーに自分の名前を入れさせ、自分を共著者に仕立て上げたのだった。

小さな出版社の社長として、ドシャンから本の出版を打診されたガスティネルは、草稿を目にしてすぐにそれが売れる作品であることを見てとり、自分が一行も書いていないこの作品の共著者になる方法はないものかと思案する。そしてドシャンを脅迫することを思いつくのである。そのために、彼はまず一人の田舎娘を誘惑し、ドシャンを伴って彼女を自分の別荘に連れてゆく。そしてドシャンに酒を飲ませて彼を酔わせる一方、娘を強姦し、自分の車で轢き殺したうえで、ドシャンが娘の死体を眺めているところをビデオカメラで撮影する。娘の着ていたベストのポケットにはドシャンの身分証を忍び込ませておいた。

というわけで、ドシャンは、自分は犯していないが妨げもしなかった殺人の嫌疑をかけられるという恐怖に常時おののき（ガスティネルは映像のカセットを大事に保存していた）、「共犯者」の思うがままに行動せざるをえない。ガスティネルの方はこうして、沈黙と引き換えに、共著者の肩書きと著作権の半分を手に入れたのだった。

＊

ガスティネルは、他人の書いたものを自分のものとすることには、殺人を犯すことと同様、なんの良心の呵責も感じなかったが、逆にテレビの視聴者の前で問題の本について話すことには強い抵抗を感じていた。番組の司会者に作品内容には触れないと約束させたほどである。彼は番組の途中でこの約束を司会者に思い出させることすらいとわない。というのも、司会者の質問はときに細部にわたり、本の内容に危険なほど近づくからである。

「番組の前に交わした取り決めを忘れないでください。ドシャンと私はどんな場

3　Pierre Siniac, *Ferdinaud Céline*, Rivages/noir, 2002, p. 18.
4　*Ibid.*, p. 20.

合でも物語の内容には立ち入りたくありません。ですから、もし不都合がなければ、著者についての話をしましょう。結局のところ、視聴者のみなさんが知りたいのはそれでしょうから」[5]

ガスティネルのこの態度は、彼が話し上手であるだけになおさら奇妙である。しかも彼は『褐色のジャヴァ』第二巻については、それがまだ書かれていないにもかかわらず、コメントすることにいささかの抵抗も示さず、作品中のいくつかのエピソードを話して聞かせたりまでするのである。彼にとって問題外であるのは、とくにドシャンがいる前でドシャンが書いた本について語ることであるらしいのだ。

ガスティネルのこの慎重な態度にはじつはれっきとした理由があった。彼が『褐色のジャヴァ』について話したくなかったのは、本書で取り上げる多くの人物たちのようにそれを読んでいなかったからではなく、著者であるはずのドシャン自身がそれを読んでいなかったからなのである。シニアックのこの小説では、考えられないような状況が設定されている。ガスティネルは自分が読んだことはあるが書いていない本について語り、一方ドシャンは自分が書いたはずだが読んでいない本について語るのである。

小説冒頭のこの状況を理解するためには、ドシャンがはめられている罠が一つではなく二つだということを知る必要がある。彼はガスティネルに脅迫されて著作権を半分奪われただけではなかった。第二の罠は小説の末尾で、回顧的にしか明かされないのだが、第一の罠がテレビ番組でのドシャンの奇妙な態度を説明するものであるとしたら、この第二の罠は番組でのガスティネルの態度を事後的に理解させるものである。『褐色のジャヴァ』の草稿執筆中、ホームレスだったドシャンは、怪しげなホテルの女主人セリーヌ・フェルディノーに拾われ、手厚い保護を受ける。セリーヌは、草稿を少し読んだだけでそれを褒めちぎり、早く作品を完成させて出版するようドシャンを促す。そしてそのためには物質的援助も惜しまず、ドシャンの読みづらい手稿を、日々書き上げた分から、みずからタイプで打とうと申し出る。

それだけなら問題はなかったのだが、彼女はじつは、このにわか秘書の地位を利用して、ドシャンの原稿を少しずつ書き換え、まったく別の小説に仕立て上げたのである。ドシャンが書いたもので残っていたのは、わずかにタイトルと、物語の時代背景と、主人公である二人の子供の名前だけだった。こうして彼女は、ドシャンの稚拙で

5 *Ibid.*, p. 11.

出版の望みのない原稿を、はるかに巧みに書かれた、彼女自身が作者である作品につくり変えたのである。

その理由は何だったのか。「セリーヌ・フェルディノー」とは、じつはフランス占領下の有名な対独協力者セリーヌ・フゥアンが使っていた偽名だった。セリーヌ・フゥアンは、当時の対独協力者でいまは安穏と暮らしている何人かの人物を告発するために、小説仕立ての回想記を出版しようと考えていた。しかし彼女は、フランス解放のとき、自分の罪を問われない代わりに、当時のことについては何も話さないという約束をした。そこで彼女は、ドシャンの稚拙な草稿を目にしたとき、彼には内緒でこれを書き換え、彼の名前で自分が書きたかった本を出版しようと思いついたのである。

こうして、シニアックの小説では、同じタイトルを冠した二個のテクストが並存しつつ、一方が徐々に他方に取って代わることになる。ドシャンは、駄作と思っていた自分の作品(この点で彼の見方は正しかった)をどうしてどの批評家も激賞するのか理解できないが、批評家たちはじつのところ別の、セリーヌの作品を読んでいたのである。一方、ガスティネルのほうは、じつはセリーヌの共犯者として彼女の謀略には通じていたので、ドシャンがこの作品が自分の書いたものとちがうということに気づくのを怖れ、彼のいる前でその詳細に触れるのは極力避けようとしたのである。

このように、ドシャンが置かれた状況は、自分が著者であるはずなのに読んでいない書物について意見を述べなければならないという状況である。ロロ・マーティンズは、自分が話題にしているのは講演会の聴衆の念頭にある作家とはちがう作家だということを知っていたが、ドシャンの場合は自分が「耳の聞こえない者どうしの対話」をしているのだということを知らない。ガスティネルが手を尽くして『褐色のジャヴァ』が『褐色のジャヴァ』ではないことを彼に分からせまいとするからである（そもそもガスティネルは出版された本を一部も彼に渡していなかった）。

ガスティネルは、ドシャンが自分の書いたものについて立ち入った話をすることも絶対に妨げなければならない。彼が司会者の反応をつうじて書き換えに気づいてしまうおそれがあるからだ。重要なのは、したがって、番組での発言全体ができるかぎりあいまいであることである。そのための方策の一つが、問題の作品とは別のことについて話すこと、すなわち作者の生活やこの作品の続編について話すことにほかならない。

ガスティネルが見つけたもう一つの方策は、話題がドシャンの作品とセリーヌの作品のわずかな共通項に向かうよう働きかけることである。つまり、両作品に共通するフランス占領下という時代背景と、セリーヌが書き換えないで残しておいたマックスとミミルという主人公の二人の子供について話すよう仕向けるということだ。

〔司会者は〕また触れてはならない点に触れようとした。明らかに、作品について話したくてうずうずしているといった様子だった。ガスティネルは強く牽制したが、そのあと思い直し、悲痛なため息をひとつ漏らしたあとで、作品について二言三言話すことに同意した。〔……〕それでマックスとミミルに少しばかり触れた。困る話ではない。物語の筋には立ち入らないようマニアックなほど気をつける点は変わらなかった。そのあとガスティネルが、まるで自分が司会者であるかのように勝手に議論を取り仕切り、そこで占領下のパリについての一般的な話になった。警察の手入れ、物資制限、売る物のほとんどない食料品店の前での人々の行列、灯火管制、壁に貼り出された逮捕者のリスト、匿名の密告等々、あのいつ終わるとも知れない四年間の日常的な不幸の数々が話題になった。それでも結局のところ、まったく関係のない話ではなかったはずだ。そこで喚起された陰鬱で重苦しい雰囲気は、背景として、作品のいたるところに見られたからである。[6]

ガスティネルにとっては、二人の子供と占領下のパリについての一般的な話にとどまることが、作品について語りながら内容に立ち入らない唯一の手段だった。たまに会話がより具体的になり、司会者とドシャンとのあいだに行き違いが生じはじめると、ガスティネルはあいまいな言葉づかいで介入して両者を取りもつほかなかった。

「たくさん敵をつくりそうな作品ですね」

「気にしてません。喧嘩なら大歓迎です。それに本がベストセラーになってからというもの、敵はもう何人もいます。人に会わないようにしているほどです」

「でも現実の誰それを髣髴とさせる部分もありますよね。当時要職にあった人たちですが……。かなり過激な箇所もあるかと……」

「私はぜんぜんそうは思いませんね」とドシャンが言った。「作品をちゃんと読めばそうはとれないはずです」

6 *Ibid.*, p. 17.

「本格的な攻撃といったものじゃけっしてありません」とガスティネルが言った。

「まあ……ちょっと突っついてるだけですよ」[7]

ガスティネルが直面している問題は、ドシャンは読んでいるが、司会者は読んでいない作品（つまりドシャンが書いた作品）と、司会者が手にしている、ドシャンはその存在を知らない作品（つまりセリーヌが書いた作品）のどちらにも適合する言葉を見つけなければならないという問題である。ドシャンの作品では、改心した対独協力者たちを窮地に立たせるようなことは書かれていないが、セリーヌの作品は昔彼女の共犯者だった彼らを激しく攻撃するものである。「ちょっと突っついているだけ」という表現は、両作品のあいだをとった、フロイト的な意味での妥協の産物にほかならない。ガスティネルはこうして、何百万というテレビ視聴者の前で、リアルタイムで、両者がともに受け入れられる第三の作品の断片を書き綴っているのだともいえる。

*

しかしドシャンが会話にズレを感じるのは、テレビ番組の司会者とだけではない。セリーヌや批評家たちとも同様である。彼らはドシャンにひっきりなしにひとつの作品について語るのだが、彼にはそれが自分の作品であるようには思われない。それを読んでいないからだ。

セリーヌは不幸にしてドシャンの作品を読んでいる。日々のタイプ打ちのときに彼の手稿を読んだのである。しかし彼女は自分がそれについて本当はどう思っているかを言うことができない。彼女はそれで想像上の作品について彼に語るのである。彼にはもちろんそれを自分の作品と重ねて考えるのはむずかしい。たとえばセリーヌは、手稿をタイプで打っていた時期、彼の作品を絶賛するが、彼は信じられない思いでそれを聞く。それもそのはずで、彼女の賛辞は、彼を媒介として、じつは彼女自身に向けられていたのである。

「たしかに、今はついてる時期だとは思うわ。いい作家というのはまれだもの、とくに今日ではね。偉大な作家はみんなうやうやしく別れの挨拶をして……そして去っていったわ。「本を残していくので、どうぞ楽しんでいただきたい」ってね。セリーヌ……アラゴン……ジオノ……ベケット……ヘンリー・ミラー……そ

7　*Ibid.*, p. 23.

れとマルセル……〔……〕あんたの原稿には、線を引いて消してしまって、もう何が書いてあったか分からない箇所があるわね。真っ黒になるくらいペンで何回も線を引いてあるのが。でもどうにか解読できるのもあって、それを読んだりすると唖然とするわけ。なんてすばらしい箇所を削除したんだろうって。こんなのをお払い箱にするなんて、いったいあんたの頭の中どうなってんだろうって疑いたくなるわけよ」

私はかすかに微笑んだが、割り切れない、信じられない気持だった。

「ちょっと訊きたいんですけど。あなたが読んだのは本当に僕の原稿なんですかね？」[8]

これは、ここでは戯画的に描かれているが、作家であれば誰もがする経験である。つまり、自分の本について言われていることが、自分が書いたはずだと思っていることと呼応していないということに気づくという経験である。自分の本について、注意ぶかい読者とゆっくりと話をしたり、長いコメントを読んだことのある作家なら誰でも、この「不気味さ」の経験を味わっている。作家はそこで、自分が言いたかったことと他人が理解したこととのあいだの呼応関係の欠如に気づくのである。もっともこれは、作家の〈内なる書物〉と読者の〈内なる書物〉の違いにもとづくのであって、そう考えるなら何ら驚くべきことではない。読者がいくら自分の〈内なる書物〉を作家のそれに重ね合わせようとしても、作家がそれを自分のものと認めることはまずないのである。

本の主旨をまったく理解していない読者の意見を耳にするときのこの不快な経験は、逆説的かもしれないが、おそらく読者が本に好意的で、それを評価している場合のほうが辛いはずである。またそれは、読者が本を細部にわたってコメントするときにもっとも強い作用を及ぼす。というのも読者は、その過程で、自分にもっとも馴染みのある言葉を用いるからであり、そうして、作家の本に近づくどころか、自分自身が理想とする本に近づくからである。読者が理想とするこの本は、一個しかない本であり、他のいかなる言葉にも書き換えられない本であるだけになおさら、言語と他者との関係において決定的な重みをもつ。作家はそのとき大きな幻滅に見舞われる。なぜなら彼はそこで自分を他人から隔てる測りしれない距離を発見するからだ。

つまり、ある作家の本について語るときには、その作家の心を傷つける可能性はそ

8 *Ibid.*, p. 81.

の本を評価していればいるほど高いということである。本に満足した大まかな理由について語る場合はまだしも、ひとたび評価理由の細部に言及するや、作者を意気阻喪させるのは必至である。それは作者を、読者のなかにある他に還元不可能なものに、ということは作者自身とその言葉のなかにある他に還元不可能なものに、じかに対面させることにほかならないからである。

　無理解に出遭うというこの苦い経験は、シニアックの小説では、作家が書いたつもりでいる作品と読者が読んだと思っている作品とのあいだの乖離によって強調されている。そこでは物質的に二個の異なる作品があるのである。しかし、それはあくまで表面的な特徴であって、深層に見られるのは、作家の〈内なる書物〉と読者の〈内なる書物〉とのあいだの不可能なコミュニケーションという問題である。この小説では、この問題がいわば寓意的に表現されているのである。

　そう考えるなら、この小説で分身の問題が執拗に提起されていることも不思議ではないはずである。ドシャンは他人が自分の本について言うことのなかに自分の姿を認めることができないが、彼はそのとき人格の二重化という現象に直面しているのである。これは作家一般についてもいえる。作家は、人が自分の作品について語るとき、しばしばそれが別の作品のことであるような印象をもつが、たしかに人は別の作品について語っているのだ。この二重化現象は、われわれのなかに〈内なる書物〉があることから来るものである。〈内なる書物〉は誰にも伝えられないし、いかなる書物に重ね合わせることもできない。なぜならそれは、われわれを絶対的に単独化するものであり、われわれの内部にあって、いかなる表面的合意からも隔てられた、伝達不可能性そのものだからである。[9]

*

それでは、われわれは作家自身を前にしたときどうすればいいのか。読んだことのない本について、その著者の前でコメントしなければならないという状況は、著者は自分が何を書いたかを知っているはずなので、一見もっとも困難な状況と思われがちだが、それは現実にはもっとも簡単な状況である。

まず、作家が一番よく自分の本を知っており、それを正確に思い出すことができるということからして、それほど自明なことではない。人が自分の文章を引用したこと

9 ドシャンは、ガスティネルが犯した殺人の罪を着せられるだけでなく、フランス秘密警察の手になるセリーヌ殺害のかどでも脅迫されることになる。

にすら気づかないモンテーニュの例は、そのことを雄弁に物語っている。作家は、自分の作品を書き終え、それからいったん離れてしまうと、他人と同じくらいそれに疎くなるのである。

しかしもっと大事なことは、二人の人間の〈内なる書物〉というのは符合しようがないのだから、作家を前にしてくだくだしい説明に走っても無駄だということである。そんなことをしたところで、作家は、不安を募らせ、相手は何か別の本について語っているのではないか、自分を別の作家と取り違えているのではないかと思うだけである。しかもそれは、一人の人間を別の人間から隔てる溝の深さを知らしめるという意味で、離人症を誘発する危険すらともなっている。

したがって、読んでいない本について著者自身の前でコメントしなければならない状況にある人間に与えられるアドバイスはただひとつ、とにかく褒めること、そして細部には立ち入らないこと、これである。作家は自分の本についての要約や詳しいコメントなどまったく期待していない。それはむしろしないほうがいい。作家がもっぱら望んでいるのは、作品が気に入ったと、できるだけあいまいな表現で言ってもらうことなのである。

Ⅱ-4 愛する人の前で

ある人を、その人の愛読書だが自分は読んだことがない本の話をして誘惑するにはどうしたらいいか。ビル・マーレイと彼のウッドチャックの話は、その場合の理想的な方法は時間を止めることだと教えてくれる。

しかし、二人の人間の〈内なる書物〉が互いに似通っていて、それらが重なり合うということは、たとえ一瞬でもないのだろうか。本章で扱う最後の状況は、本の作者ではなく、好きになった人を前にしたときの状況である。その人が愛する、しかし自分は読んでいない書物について語りながら、その人を誘惑しようとする状況だ。ここでの問題は、本を読んでいないために誘惑に失敗するのではないかということである。

陳腐な言い方かもしれないが、われわれの恋愛関係は、幼年時代から、書物と深い読んだことのある小説の登場人物に大きな影響を受ける。たとえばわれわれの恋人選びは、読んだことのある小説の登場人物に大きな影響を受ける。われわれは小説をつうじて到達できない理想をいだき、恋する相手をその理想になるべく近づけようとするのである。それがなかなかうまくいかないことはいうまでもない。より広くいえば、われわれが愛した書物というのは、自分が密かに住んでいて、相手にも合流してほしいと思うひとつの世界全体を浮かび上がらせるのだ。

二人の読んだ書物がすべて同じだとはいわないまでも、少なくとも読んだ書物のなかに共通の書物があるということは、愛する者どうしが理解しあう条件のひとつである。関係のはじめから、相手に自分は共通の読書経験をしていると感じさせることで、自分が相手の期待に応えられる人間であることを示す――そのような必要もそこから生まれる。

＊

ハロルド・ライミス監督のアメリカ映画『グラウンドホッグ・デイ』[1]の主人公フィル・コナーズ（ビル・マーレイ）の身に起こるのは奇妙な出来事である。あるテレビ番組の人気天気予報士である彼は、冬のさなか、番組プロデューサーのリタ（アンディ・マクダウェル）とカメラマンをともなって、アメリカの重要なローカルイベント「グラウンドホッグ・デイ」のロケにやって来る。

このイベントは、毎年二月二日にペンシルヴェニア州の小さな町パンクサトーニーで行なわれる春の到来を占う儀式である。この日、フィルという（主人公のファースト・ネームと同じ）名前のウッドチャック〔北アメリカに生息するリス科の動物。別名グラウンドホッグ〕が小屋から出され、その行動を観察することで冬がさらに六週間続くかどうかが占われるのである。この模様は多くのメディアによってアメリカ中に報道され、悪天候がその後も続くのか、それとも春が間近に迫っているのかを判断する目安とされる。

前日にクルーとともにパンクサトーニーに着いたフィル・コナーズは、ペンションで一夜を過ごし、翌日、ロケ現場に赴く。そこでウッドチャックの行動についてコメントするのだが、その年の予測は、冬は続くだろうというものだった。この小さな町でぐずぐずしているつもりは毛頭なかったフィルは――彼は田舎を毛嫌いしていた――、その日のうちにピッツバーグに戻ろうとするが、クルーの車は町を出たとこ

1　*Groundhog Day*〔邦題『恋はデジャ・ブ』〕、一九九三年公開、ビル・マーレイ、アンディ・マクダウェル主演。

ろで暴風雪《ブリザード》に遭って足止めを食らい、三人は当地でもう一晩過ごさなければならない羽目になる。

*

フィルにとってすべてが始まるのは翌日の朝である（ただ彼には「翌日」というのは存在しなくなるので、そういう言い方ができればの話だが）。目覚しラジオの音楽で目を覚ましたフィルは、その音楽が前の日の音楽と同じであることに気づく。その瞬間はとくに気にかけないが、番組の続きも前日とまったく同じであることを知るにいたって、急に不安になりはじめる。おまけに窓から見える光景も前日と変わらない。部屋を出て、外を歩いても、すれちがうのは同じ人間で、かけてくる言葉まで同じである。不安は増大する。

こうしてフィルは、少しずつ、自分が前日と同じ一日を過ごしつつあることを理解するのである。その日、引きつづき起こることは、なるほど二四時間前に経験したことの寸分違わない繰りかえしなのだ。たとえば、物乞いをしている男とすれちがい、大学時代の友人に声をかけられ——何年も会っていなかったこの友人は今や保険会社に勤めており、彼にしつこく保険商品を売りつけようとする——、そのあと水溜りに足を踏み入れる、それらがすべて前日と同じなのである。ロケ現場に着くと、やはり同じウッドチャックのフィルが、同じ行動をし、同じ気象予測が発表される。

パンクサトーニー滞在三日目、目覚しでまたもや同じラジオ番組を耳にしたフィルは、自分の身に降りかかったこの時間の変調は一日だけのことではなく、自分は永遠に同じ一日を繰りかえし生きつづけるのだと確信するにいたる。そして、この田舎町と、この限られた時間のなかに閉じ込められたまま、そこから永遠に脱け出られないのだという絶望的な思いにとらわれる。

たしかに出口はどこにもない。死ぬことすらもはや解放ではないのである。フィルは、何日か同じ日々を送ったあと、医者と精神分析医に診てもらうが、彼らにもこの前例のない症状には手の施しようがない。彼はそこで、これにケリをつけようと決心し、復讐心からフィル――ウッドチャックのほうの――を誘拐し、車を盗んで、警察に追われるなか、動物とともに谷底に身を投げる。しかし、翌朝起きてみると、やはり前日と同じ日の明け方で、ラジオからは同じ番組が流れているのだ。

*

この時間の変調は、一連の奇妙な状況を生み出す。そのひとつが言語にかかわる状況である。二つの情景――その日の情景と他の日々（過去と未来の日々）の情景――のどちらにも居合わせるフィルは、つねに、時間の不動が生み出す二重の意味と戯れることができる。たとえば彼は、愛する女性の顔を雪の上に描きながら、彼女にその顔をずいぶん研究したと言ったりすることもできるのである。

同じ一日を無限に繰りかえすという状況には、不都合もあるが有利な点もある。たとえば、その日に何が起こるかを詳細にわたって、秒刻みで知っているわけだから、それを見越して行動できるのである。たとえばフィルは、現金輸送車が銀行の前で一時停車するとき、現金を入れた袋のひとつが数秒のあいだ車の背後に放置されることを知っている。そこで彼は、この瞬間を狙って、袋を盗みとるのである。

この状況はまた、どんな罪を犯そうと絶対に罰せられないという利点ももっている。フィルが何をしようと、彼が犯す過ちや犯罪はその晩のうちに消し去られるのである。スピード違反を犯そうと、線路の上を車で走ろうとかまわない。たとえ警察に捕まろうと、それが重大な結果を招くということはない。なぜなら、翌朝になればすべてはもとの状態に戻っているからだ。

時間が先に進まないということは、さまざまな試行錯誤が許されるということでもある。たとえば魅力的な女性がいるとすると、名前は何か、出身高校はどこか、フランス語教師は誰であったかなどを彼女から訊き出す。そして「翌日」すれちがったときに、自分のことを昔の同級生と名乗り、青春時代の共通の思い出を喚起すれば、彼女をものにする可能性は高まるというわけである。

＊

フィルは番組プロデューサーのリタに少しずつ恋心をいだくようになるのだが、彼女を誘惑するのに彼が用いるのが、この予行演習と漸次的改善の方法である。彼は、彼女と一杯飲みにいった折、彼女が好きな飲物は何かをチェックしておいて、「翌日」行ったときにそれをこれ見よがしに注文する。また、ウッドチャックのフィルに乾杯と言ってグラスを掲げるというヘマ――ただし時間が永遠に繰りかえされるこの世界では取り返しのつかないヘマではない――をしでかし、世界平和のためにしか乾杯しないという彼女の冷たい視線を浴びるが、「次の日」には自分から彼女の望むような平和主義的タームで乾杯することを申し出て失敗を取り返す。

われわれがとくに注目したいのは以下のようなシーンである。それは読んだことのない本が恋愛関係の誕生にさいして果たす役割にふれるものだからだ。フィルは、何度もリハーサルを重ねたあと、やっとリタが完全に満足する会話を彼女と交わすことができるようになる。つまり彼は、少しずつ、彼女がもし恋人といたらどんな言葉を聞きたいと思うかを理解し、それをすべて彼女に向かって口にできるようになるのである。こうして彼は、自分は都会にしか住めない人間であるにもかかわらず、彼女の前で、文明社会から遠く離れた山奥に住んでみたいなどと言う。

彼の注意がふたたび散漫になるのはそのときである。そして彼はまたもや失敗をしでかすのだ。話がリタの過去に及んだとき、彼女は大学ではもともとテレビ関係の仕事に向いている勉強をしたわけではないと打ち明ける。そしてフィルが説明を求めると、彼女は次のように答える。

「私は十九世紀のイタリア詩を研究したの」

この答えに彼は吹き出し、思わず次のように言う。

「ずいぶん暇をもてあましてたんだね」

これを聞いた彼女は彼を睨みつけ、それではじめて彼は自分の失言に気づく。

しかし彼が住んでいるこの世界では取り返しのつかないことはひとつもない。「翌日」にはすべてを一からやり直すことができるからである。フィルは、市の図書館に行って調べたのだろう、リタがまた十九世紀イタリア詩がどれだけ好きかという話をすると、神妙な表情で、『リゴレット』[2]の一節を暗誦するのである。リタが賞賛のまなざしで彼を見つめたことはいうまでもない。このように、読んだことのない本について語らなければならない場合でも、何秒間かの会話を周到にやり直し、〈他者〉の欲望に正確に応じることができるのである。

リタを誘惑する試みは書物だけに関係しているわけではない。フィルは、この時間の繰りかえしを利用してピアノを弾けるようになりたいと思い、「毎日」ピアノ教師のもとに通う。リタにとっての理想の男性は楽器が弾ける男だということを知っているからだ。こうしてピアノを集中的に練習した彼は、ある晩、リタがあるダンス・パーティーに行ったとき——彼女は「毎晩」そのパーティーに行くわけだが——そこで演奏するジャズ・バンドの一員として登場するのである。

2 〈忘〉◎〔ヴェルディ作曲のオペラ。一八五一年初演〕。

＊

『グラウンドホッグ・デイ』は、われわれがこれまで見てきた例とは逆に、二人の人間のあいだの書物をめぐる、ということは彼ら自身をめぐる、過不足のない、透明なコミュニケーションという幻想を、複雑な物語装置を使って描いている。相手にとって大切な書物が何であったかを時間をかけて綿密に調べ、それを自分自身にとって大切な書物とすること――これがおそらくは教養に関して真の対話がなされ、二人の〈内なる書物〉がぴったりと一致するための条件なのだろう。

フィルがここで使っている方法は、理想的には、誘惑しようとする相手に自分は同じ教養世界を共有していると伝えたいと願うさまざまな機会に適用されてしかるべきものである。フィルは、リタが好んで読む本は何かを知り、彼女の私的世界のなるべく奥深くまで踏み込もうとつとめながら、彼らの〈内なる書物〉は同一であるという錯覚を彼女に与えようとする。愛を分かち合う理想的な関係においては、なるほど、相手の存在の基盤となっているもっとも秘められた読書体験まで知っていて当然なのかもしれない。

しかし二人の人間が互いの〈内なる書物〉を――ということは互いの内的宇宙その

ものを――一致させることは、フィルのように時間を無限に繰りかえすことができる世界にでも住んでいないかぎり、現実には不可能である。二人の小宇宙は、互いに相容れないイメージと言説の断片からなっているからだ。フィルが体験しているようなスローモーションの世界にいてはじめて、言語は中断されることのない、後戻りできない流れであることをやめ、先述した乾杯のシーンに見られるように、ひとつひとつの言葉に立ち止まり、その起源と価値を理解して、それを相手の過去と内面生活に結びつけることが可能になるのである。

われわれは、この時間と言語の人工的な停止をつうじてはじめて、相手の内奥に隠されたテクストを不動の状態で把握できる。このテクストは、ふつうの世界では、たえず変容を続けていて、その動きを止めることも、自分のテクストを相手のそれに一致させることもできないのである。まだ〈内なる書物〉の方はわれわれの幻想に似て比較的固定している。しかし、われわれが話題にするのは〈遮蔽幕《スクリーン》としての書物〉である。こちらの方は、のちに見るように、不断に変化しているので、いくらその変化を止めようと考えても無駄なのである。

したがって、二人の人間のテクストを一致させるという夢は、ファンタジーのなかでしか実現されない。現実生活のなかでは、われわれが書物について他人と交わす会話は、残念ながら、われわれの幻想によって改変された書物の断片についての会話である。つまり、作家が書いた本とはまったく別のものについての会話にほかならない。作家自身でさえ、読者が彼の本について語ることのなかに自分を認知できるということはまれなのである。

＊

この映画にはユーモラスなシーンがいくつもあるが、反対に、フィルがリタを誘惑しようとするそのやり方にはどこかしら恐怖をいだかせるところがある。なぜならそれは、言語上の不確定箇所をすべて消し去ろうとするものだからである。つねに〈他者〉が聞きたいと欲している言葉を発すること、まさに〈他者〉がそうあってほしいと望んでいる人間であること、それは、逆説的ながら、〈他者〉を〈他者〉と認めないことにほかならない。逆にいえば、それは、みずから〈他者〉にたいして脆く不安定な主体であることをやめることである。

この映画にはまた教訓も込められている。フィルが最終的に自分の目的に達するのは、リタをものにすることによってではなく、自我を放棄することによってである。フィルは、〈他者〉が期待する言説を少しずつ作り上げるという作業によって、リタの唇を奪うことに成功するが、彼女を征服するまでにはいたらない。ましてや時間をもとどおりに戻すことなどとうてい無理である。彼がリタにたいする態度をどれほど改善しようと、朝、目を覚ませば、あいかわらず同じ一日の始まりである。

しかし、時間が経ち、出来事が何度も繰りかえされるにつれて、他人にたいして傲慢だったフィルの態度が変わってゆく。彼は他人に興味をもち、彼らの生活について質問したり、彼らのために尽力したりするようになる。以来、同じ日々が続くことに変わりはないが、それらの日々は他人の手助けをすることに費やされる。フィルは例の改善のメソッドをいわばボランティア活動のために用いるのである。たとえば、路上で寒さのために死にかけている老人を手遅れになる前に助けたり、木から落ちている途中の男の子を受け止めて救ったりするのだ。

フィルは他人に関心をもつようになることで、みずから関心をもたれるに値する人間になる。こうして彼は、ついに、そのやさしさでリタを魅了するにいたる。そしてある日、自分の部屋のベッドでリタとともに眠りに就いた翌朝、自分の傍らにそのまま彼女がいて、目覚ましラジオからはそれまでと違う音楽が流れていることを発見するのである。彼はこうして、一日を次の一日から隔てている時間の壁をついに超えたのだった。

Ⅲ　心がまえ

Ⅲ-1 気後れしない

デイヴィッド・ロッジの小説にもあるように、読んでいない本について語るための第一の条件は気後れしないことだという話。

これまで、ひとくちに「読んでいない」といってもその意味はさまざまであるということ、また、読んでいない本について語る状況にもいろいろあるということを見てきた。この第三部では、これらを踏まえて、読んでいない本について堂々と語るにはどうしたらいいかという、本書の要ともいうべき方法の問題に取り組みたい。ここで示される方法には、すでに言及したものもあるし、私が指摘してきたことから論理的に導かれるものもあるだろうが、ここでは、さらに具体的に、その深層構造といったものを抉り出したい。

すでにみたように、ある書物について語ることは、それを読んでいるかどうかにはあまり関係がない。語ることと読むことは、まったく切り離して考えていい二つの活動である。私自身に関していえば、私は本をほとんど読まなくなったおかげで、本についてゆっくりと、より上手にコメントできるようになった。そのために必要な距離——ムージルのいう「全体の見晴し」——がとれるようになったからである。本について語ること、ないし書くことと、本を読むこととの違いは、前者には、顕在的であれ潜在的であれ、第三者が介在するということである。この第三者の存在が読書行為にも変化を及ぼし、その展開を構造化するのである。

これは第二部でもいくつかの具体的な状況をめぐって指摘したことだが、本について語るときに問題になるのは間主観的な関係である。すなわち、〈他者〉との関係——それがどのようなものであろうと——が書物との関係にたいして優位に立つような心理上の力関係である。そこでは書物との関係じたいが結果的にそれによって影響を被らざるをえない。

*

読んでいない本についてコメントさせられることの多い職業があるとしたら、大学教師という職業などはさしずめその筆頭に挙げられてしかるべきだろう。われわれ大学教師の大半は、なるほど、時間がなくて（あるいは読む気がなくて）読んでいない本について意見を述べなければならない状況に頻繁に身をおく。しかも話す相手が、著者その人や他の専門家といった、なかなかごまかしの利かない相手だったりするのである。

イギリスの小説家デイヴィッド・ロッジは、自身大学教師なので、この職業にまつわる慣習を熟知している作家だが、彼は自分の作品のなかで少なくとも二回、読んでいない本について語るにはどんな態度をとればいいかというこの問題を扱っている。その二例は『交換教授』[1]と『小さな世界』[2]という二編の小説に見出される。これらの作品は、大学という小宇宙に住む人間たちの知的および感情的生活を綴ったもので、「キャンパス・ノヴェル」というひとつの文学ジャンルを生むきっかけとなった作品である。

一つ目の例は『小さな世界』のなかのかなり奇妙な対話に見られるものである。アカデミックな世界の住人の一人であるロビン・デンプシーは、何章にもわたって、人が貸してくれたコンピュータと言葉を交わす。このコンピュータはきわめて高性能で、人とふつうに会話できるのである。「イライザ」という女性名を冠されたこのコンピユータは、徐々にデンプシーの打ち明け話の聞き手となる。

こうして、やっと何でも言える話し相手を見つけたデンプシーは、そのイライザに向かって、日ごろ同僚のフィリップ・スワローにたいして感じている怒りと軽蔑の念をぶちまける。

R・D（ロビン・デンプシー）――気分が少しも晴れない。
イライザ――なぜです？
R・D――フィリップ・スワローの、あの件のせいだ。
イライザ――フィリップ・スワローのことを話してください。
R・D――やつのことはもう話した。
イライザ――前に話したことに何か付け加えたいですか？
R・D――スワローは俺には人生の不公平さの象徴だ。ラミッジ大学では、やつは俺が本来なるべき上級講師になった。それからやつは運よくまぐれで教授に

1 〈流〉〇
2 〈流〉〇

なった。そして今、ハズリットについてのくだらん本で大成功を博している。[3]自分のことを不公平な人事の犠牲になったと思っている人間なら、だれでもデンプシーの怒りが理解できるだろう。次のような言葉を聞けばなおさら同情するにちがいない。

イライザ——ハズリットのことを話してください。

R・D——ハズリットなんかには興味はない。スワローのあの愚劣な本も読んでいない。読む必要なんかないのだ。俺はやつといっしょに退屈な成績判定会議に何度も出たことがあるから、それがどんな本かよくわかるんだ。やつがユネスコの教授の正式な候補者だなんて馬鹿げた話だ。[4]

この言葉は、とくに同僚の業績の評価においてわれわれ大学教師がいかに適当であるかをよく表わしている。この適当さは、大学という共同体の内部における人間関係を特徴づけるものである。多くの場合、われわれは同僚の書くものを読んでさえいないのだ。デイヴィッド・ロッジはたしかに大学のことをよく知っている作家である。

＊

私は、デンプシーや多くの大学人と同様、大学で同僚とともに何度も会議に出たことがあるので、彼らが書いたものがどの程度の価値のものであるかは読まなくてもだいたい分かる。もちろん評価はポジティヴでもネガティヴでもありうるが、いずれにしても、作品と作家は別物だという有名なプルースト的議論とは裏腹に——というより、この議論のある種の解釈とは裏腹に——、書物というものはどこかから落ちてきた隕石でも、隠された〈自我〉の産物でもない。書物というものはたいていの場合、もっと単純に、われわれが知っている現実の書き手の延長上にあるのである（その人間をよく知る必要があることはいうまでもない）。したがって、デンプシーのように、本の著者と付き合うだけでその本がどのようなものかを知ることはまったく可能なのである。

デンプシーの考えは——それはおそらくデイヴィッド・ロッジの考えでもあるだろ

3　*Un tout petit monde*, trad. Maurice et Yvonne Couturier, Rivages, 1991, p. 307〔『小さな世界——アカデミック・ロマンス』高儀進訳、白水社、一九八六、二八〇頁〕。

4　*Ibid.*, p. 308〔同〕。

うが——、書物に縁の深い大学のような環境においてはけっして珍しくない考えである。ある書物がどのようなものであるかを知り、それについて語るのに、その書物を読んでいる必要はいささかもない。読んでいなくても、一般論的なコメントだけでなく、踏み込んだコメントすら可能である。というのも、書物は孤立しては存在しないからだ。一冊の書物は、私が〈共有図書館〉と呼んだ大きな全体のなかの一要素にすぎないので、評価するのにそれをくまなく読んでいる必要はない（デンプシーには彼が語っている本がどんなジャンルに属しているか分かっている）。大事なのは、それが〈共有図書館〉のなかで占める位置を知ることである。その位置は、ひとつの単語がある言語において占める位置に似ている。一個の単語は、同じ言語に属する他の単語との関係において、また同じ文中にある他の単語との関係において位置づけられてはじめて意味をもつ。

問題なのはけっしていくつかの書物ではなく、ひとつの文化に共通する諸々の書物の全体であって、そこでは個々の書物は欠けていてもかまわない。つまり、〈共有図書館〉のしかじかの要素を読んでいないと正直に認めていけない理由はどこにもないのである。その要素を読んでいなくても、〈共有図書館〉全体を眼下におき、〈共有図書館〉の読者のひとりでありつづけることはできるからだ。この全体が個々の書物をとおして顕現するのであって、個々の本はいわばその仮の住まいにすぎない。したがって、デンプシーの同僚の本についての評価は、主観的評価として、まったく容認できる性質のものである。彼がたとえこの本を読んだとしても、彼の評価はさほど変わらないはずである。

この本は、他の本と同様、ある全体の一要素であり、そのことによってデンプシーはいくつかの情報を得ることができるわけだが、デンプシーはまたこの本が（タイトルや、著者についての知識や、人の噂話などをつうじて）自分自身のなかに生み出すさまざまな反響を聴きとり、それによってこの本が自分に関係があるかどうかを知ることができる。この反響は、自分の〈内なる書物〉との親和性にほかならない。彼がこの本について評価を下すことができるのは、この親和性のおかげである。この親和性は、スワローの著作から直接読みとれるものではなく、またデンプシーがたとえこの本を読んだとしても、おそらく強められも弱められもしないものである。

＊

しかじかの本を読んでいないとはっきり認めつつ、それでもその本について意見を述べるというこの態度は、広く推奨されてしかるべきである。この態度は、先の例からも分かるように、積極的な意味をもっている。にもかかわらずこれがほとんど実践されないのは、本を読んでいないことを認めることが、われわれの文化においては、重い罪悪感をともなうからである。

興味ぶかいのは、デンプシーがスワローの本についてこれほど率直に自分の意見が言えるのは、話し相手が一台のコンピュータであって、一人の生きた人間ではないからだということである。その証拠に、彼は、話し相手が少しでも人格のようなものをそなえていると感じたとたん、つまり一個の機械にはもてないはずの意見のようなものを表明したとたん、態度を一変させる。

R・D——〔……〕やつがユネスコの教授の正式な候補者だなんて馬鹿げた話だ。

イライザ——そうとも言えません。

ロビン・デンプシーが、この十分間、呆然として見つづけているのは、この最後の一行である。彼はその一行を目にすると、うなじの毛が逆立った。その一行は、イライザのこれまでのどんな言葉ともちがった種類のものだったからである。それは質問でも、要求でも、すでに談話《ディスクール》のなかで言及された何かについての陳述でもなく、意見の表明なのだ。いったいどうしてイライザが意見を言えるのだろうか？　どうしてイライザは、ロビン自身よく知ってもいないし、彼女に話してもいないユネスコの教授職のことを知っているのだろうか？　ロビンは質問するのが怖いような気がする。やがて、ゆっくりと、ためらいがちにキーを打つ。

——それについて君は何を知っているのか？

ただちにイライザは答える。

——あなたの思っている以上に知っています。

ロビンは青くなり、次いで赤くなる。彼はキーを打つ。

——よろしい。君がそれほど利口なら、ユネスコの教授に誰がなるか言ってみたまえ

スクリーンには何も出ない。ロビンはニヤリとして気が楽になる。と、自分の文章の最後に句点を打つのを忘れたことに気づき、ピリオドのキーを押す。スクリーンの上に、思考のスピードよりも速く文字が左から右にさざ波のように現われて一つの名前を綴る。

——フィリップ・スワロー[5]

5　*Ibid.*, p. 308-309〔同、二八〇—二八一頁〕。

もしコンピュータに、大学人事の結果も含めて、確固たる意見が言えるとしたら、それはそのコンピュータが、デンプシーが長いあいだ思っていたほど自立してはおらず、同僚の誰かに遠隔操作されていたということである。デンプシーはこの陰謀を発見して激怒する。話し相手が一人の人間であるということを知らずに、スワローにたいする憎悪というような内密の部分を平気でさらけ出していたのだから、激怒して当然である。このことで彼自身が屈辱的な立場に置かれたのである。

教養の領域における知識は、というより知識の欠如は、この内密な世界に属している。われわれは自分の弱点を隠すためにしばしば嘘をつく。デンプシーも、聞き手が一台のコンピュータでなかったら、読んでいない本について語ることは自分にも頻繁に起こるなどと打ち明けるような真似はしなかっただろう。というのも、この種の秘密は、われわれの教養の欠落部分を他人の目から隠し、他人に――そして同時に自分自身に――どうにかまっとうな自分のイメージを与えるためにわれわれが援用する防御メカニズムに根ざすものだからである。

デンプシーは、相手はたんなる機械だと思い込んで、自分がおそらくもっとも警戒している人物の前に裸の自分をさらけ出す。さらけ出すのは、文明化された社会

——とりわけ大学という社会——では隠しておくのが当然とされる彼の同僚にたいする嫌悪感であるが、それだけではない。ここで明るみに出されるのは、暴力性に貫かれていると同時に、いい加減さで成り立っている、教養というものの姿でもある。

多少とも無意識的なこの恥ずかしさの感情は、われわれが書物と取り結ぶ関係、および書物について語る言説に重くのしかかる。教養は——そしてわれわれが与えようとする教養のイメージは——、他人および自分自身からわれわれを隠す保護膜である。教養の欠落部分に直面するという日常的な状況から脱するための適切な方策を見出そうとするなら、この恥ずかしさの感情の存在を知り、その基盤となるものを分析しなければならない。それは書物の断片でできた教養という不連続な空間で生き延びる道である。この空間においては、われわれの深層のアイデンティティーが、あたかも恐怖心にとらわれた子供のそれのように、不断に危険にさらされるのである。

＊

なるほどデンプシーは、コンピュータに向かってでなかったら、読んでいない本について語ることは自分にも起こるなどと打ち明けるような真似はしなかっただろうが、ロッジのもうひとつの小説『交換教授』に出てくる人物の態度はこれとはちがう。そこでは、登場人物がまさに読書についての真実が問われるゲームに打ち興じるさまが描かれている。

このゲームは、『小さな世界』でユネスコの教授ポストに就くかもしれないということでデンプシーには我慢がならないフィリップ・スワローその人が考え出したものである。『交換教授』でのスワローは、イギリスの大学の一介のしがない教師にすぎない（物語は『小さな世界』の数年前に設定されている）。彼は、半年間、アメリカ西海岸の優秀な大学教師モリス・ザップとポストを交換する。そしてこの交換は、そのうち互いの妻の交換にまで発展する。

スワローは、このカリフォルニアでの滞在期間中に、何人かの学生に彼が「屈辱」と命名したゲームを教える。

> 彼は一同に大学院時代に発明したゲームを教えた。自分がまだ読んでいない有名な本を各人で挙げ、すでにそれを読んだほかの者一人につき一点獲得、というゲームであった。南軍兵士とキャロルの二人が、それぞれ『荒野の狼』[6]と『O嬢の物語』[7]で六点満点のうち五点を取って勝った。どちらの場合もフィリップがいたために満点とはならなかったのである。彼自身が挙げた『オリヴァー・ツウィ

スト』[8]――たいていはこれで勝つのだが――は全然駄目だった。[9]

このゲームがなぜ「屈辱」と命名されたか分かるだろう。このゲームでポイントを稼ぐには、他人はみんな読んでいるが自分は読んでいない本を見つけなければならないのである。一般社会の原則、とりわけ大学社会のそれが教養をひけらかすことであるのに対して、このゲームの規則は無教養をさらけ出すことなのだ。それは、他人の目の前で、あえて辱めを受けることである。

このゲームでは、したがって、できるだけ屈辱を味わうことが肝要である。屈辱を受ければ受けるほどゲームに勝つ可能性は高まるのだ。しかしこのゲームの特徴はそれだけではない。このゲームでは誠実であることも要求される。というより、このゲームに勝つためには、読んだことのない本の題名を挙げるだけでは足りない。読んだ

6 〈流〉〈忘〉×
7 〈流〉〈聞〉◎
8 〈聞〉◎
9 *Changement de décor*, trad. Maurice et Yvonne Couturier, Rivages (poche), 1991, p. 141〔『交換教授』高儀進訳、白水社、一九八二、一一七―一一八頁〕。

ことがないということが本当だと他の参加者を納得させることも必要である。読んでいないはずはないと思われるほど有名な本の題名を挙げた場合、他の参加者はそれを拒否することができるからである。勝敗は、したがって、自分の無知をさらけ出す行為の誠実さがどれだけ他人に信じてもらえるか、つまり屈辱の感情が本物であって見せかけではないとどれだけ感じてもらえるかにもかかっているのである。

小説では、登場人物がこの屈辱のゲームに打ち興じるシーンがもう一箇所ある。その模様は、アメリカ人教師モリス・ザップの妻デジレによって、彼女が夫に宛てた手紙のなかで語られている。彼女はそこではすでにスワローの愛人になっていて、スワローは完全にザップに取って代わっている。そのスワローが、大学の同僚が集まったパーティーで、屈辱のゲームをしようと提案するのである。ところが、そこにいた教師の一人ハワード・リングボームはとまどいを隠せない。彼は、負けることで勝つ、屈辱を受けることで評価されるという、このゲームの参加者が置かれる逆説的な状況を耐えがたいと感じるのである。

ハワードがどんな男か知っているでしょう？　あの男は成功したいという病的な衝動と、無教養と思われたくないという病的な恐怖心をもっているのよ。そしてこのゲームは彼のこの二つの強迫観念を互いに衝突させたのね。なぜって、このゲームでは、自分の教養のギャップをさらけ出してはじめて成功を収められるんですから。最初、彼のプシケがこのパラドックスをどうしても受け入れることができず、いまは題名さえ思い出せないほど知られていない十八世紀のある本を挙げたってわけ。もちろん、彼は最終得点は最下位で、むくれてしまったわ[10]。

リングボームはこのあとゲームに加わらなくなるが、ゲームは依然として続けられる。そこではたとえばミルトンの『復楽園』[11]が挙げられ、英文学科の主任がそれを読んでいないことが分かって一同が驚愕する。リングボームはじっと成り行きを見守っているが、ある時点で急にまた仲間に加わる。

そう、三回目ではサイが『ハイアワサ』[12]で先頭をきっていたわ。スワローさんだけが読んでいなかったの。そのとき、不意にハワードは拳でテーブルをドシン

10 *Ibid.*, p. 198〔同、一七〇頁〕。
11 〈聞〉◎
12 〈未〉×

とたたき、テーブルの上に六フィートばかり顎を突き出し、言ったものよ——

「『ハムレット』！」

そう、もちろんみんな、一応は笑ったものの、たいした冗談には思われなかったのでそれほどは笑わなかったの。ところが冗談では全然なかったのよ。ハワードは、『ハムレット』はローレンス・オリヴィエの映画で見たことは確かにあるが原典は読んだことがないって言い張るのよ。もちろん誰も信じなかったので、彼はかんかんに怒ってしまったわ。きみたちは僕が嘘をついていると思っているな、と彼は言ったの。そしてサイが、そうだって多少とも匂わしたわけ。するとハワードは激怒し、あの劇は読んだことがないと正式に誓約するって言い張ったわ。サイは彼の言葉を疑ってすまなかったと、口をへの字に結びながら詫びたわ。もちろん、もうその頃には、わたしたちみんな困惑して、酔いもすっかり醒めてしまったの。ハワードは帰ってしまい、わたしたちは何も起こらなかったようなふりをしようとしながら、しばらくぶらぶらしていたわ[13]。

*

『ハムレット』は、誰もが認める英文学の代表的作品であり、その象徴的意味は絶大である。この作品名が挙げられていることは、このゲームの複雑さを示すものであるだけになおさら興味ぶかい。しかも参加者が大学人であることから、話はいっそう複雑になる。じっさい、英文学の教授ともなれば、『ハムレット』を読んだことがないと認めた（あるいは認めるふりをした）ところで大した危険はない。なぜなら第一に、彼の言うことはどうせ信じてもらえないだろうから。また第二に、『ハムレット』という作品はあまりに有名なので、読んでいなくても十分話題にできるからである。リングボームは、たとえこの作品を「読んで」いないとしても、それについて数多くの情報をもっているはずであり、おそらくローレンス・オリヴィエ監督の映画や、シェイクスピアの他の戯曲も知っていることだろう。つまり、『ハムレット』の内容には不案内でも、それを〈共有図書館〉のなかに位置づけることは完璧にできるのである。

したがって、リングボームがある過ちさえ犯していなかったら、何の問題も起こらなかったはずである。ところが彼は、このゲームが秘めている暴力性や、先述した心理的葛藤のせいで、『ハムレット』に関する自分の知識についてあいまいさを残さないという過ちを犯すのだ。そうすることで、彼は、われわれが自分と他人とのあいだ

13　*Ibid.*, p. 198〔同、一七一頁〕。

に普通に成立させている決定不能な文化空間から自らを排除するのである。この空間において、われわれは、自分自身にも他人にも一定範囲の無知を許す。というのも、あらゆる文化は数々の空白や欠落の周りに構築されるということをよく知っているからである（ロッジは先の引用で「教養のギャップ」について語っている）。しかも、この空白や欠落は、別のたしかな情報を所有する妨げとはならない。

書物に関する——いや、より一般的に、教養に関する——このコミュニケーション空間を〈ヴァーチャル図書館〉[14]と呼んでもいいだろう。これはイメージ（とくに自己イメージ）に支配された空間であり、現実の空間ではないからである。この空間は、本が本の虚構によって取って代わられる合意の場としてこれを維持することを目的とする一定数のルールに従う。これはまた、幼年期の遊戯や演劇でいう演技とも無関係ではないゲーム空間、その主要なルールが守られなければ続けられないようなゲームの空間である。

この暗黙のルールのひとつに、ある本を読んだことがあると言う人間が本当はそれをどの程度まで読んでいるかを知ろうとしてはならないというルールがある。なぜかというと、ひとつには、言表の真実性に関するあいまいさが維持されなくなると、また出された問いにはっきりと答えなければならなくなると、この空間の内部で生きることはたちまち耐えがたくなるからである。もうひとつは、この空間の内部では、誠実さの概念そのものが疑問に付されるからだ。先に見たように、まず「ある本を読んだ」ということの意味からしてよく分からないのである。

リングボームは、『ハムレット』を「読んだ」ことがないと真実を述べることで――というより、彼が真実だと思っていることを述べることで――、読んでいない本についても語ることは許されるという〈ヴァーチャル図書館〉の主要ルールに背いたのである。そして、自分の内密な部分をいきなり暴いてみせることで、この空間を暴力的な場に変えたのだった。彼が暴いたのは、じつは教養の真実とでもいうべきものである。つまり、教養とは個人の無知や知の断片化が隠蔽される舞台だということだ。こうして、彼は自らの裸身をさらしただけでなく、他人にも累が及ぶ一種の心的侵犯をおこなったのである。

リングボームは、本来そのあいまいさから遊戯的空間であるはずの〈ヴァーチャル図書館〉の空間にたいして一種の暴力を行使したわけだが、この彼の行為が招くこと

14 〈ヴァーチャル図書館〉は私が本書で導入する〈図書館〉のうちの三つ目のタイプで、書物について口頭ないし文書で他人と語り合う空間である。これは各文化の〈共有図書館〉の可動部分であって、語り合う者それぞれの〈内なる図書館〉が出会う場に位置している。

になる周囲の反応もまた同じくらい暴力的なものだった。彼は、自分の読書について、ということは同時にこの空間の本質について、あえて真実を述べたため、この空間の外に出なければならない羽目になる。しかも制裁はすぐに下される。この模様もデジレによって手紙の最後の方で語られている。

本当の話、興味津々の事件でしょう――でも、続きがあるのよ。三日後、ハワード・リングボームは意外にも終身在職権の資格審査に落ちてしまったのよ。それは、『ハムレット』を読んでいないって公に認めてしまった人間に英文学科としては終身在職権を与えるわけにはいかないからだってみんなは思っているわ。もちろん、この話は学内じゅうに喧伝され、「ユーフォリック・ステート・デイリー」には、そのことにそれとなく触れた短い記事が出たくらいよ。そのうえ、この事件で英文学科に急に空きができたため、大学のほうではクループの件を再考し、結局彼に終身在職権を与えたってわけよ。彼も『ハムレット』を読んでいないと思うけれど、誰もそれについては訊かないわ。[15]

デジレが指摘するように、リングボームの代わりにポストに就くことになった人間が『ハムレット』を読んでいるかどうかは二次的な問題である（リングボーム本人には自殺の道しか残されていない）。重要なのは、その人間が潜在的書物からなるこの中間領域の外に出ないということだ。この領域のおかげでわれわれは他人と共生し、コミュニケーションをはかることができるのである。その意味で、この合意の空間に亀裂を生じさせるのはよくない。この空間は保護膜の機能を果しているのである。したがって、この場合でいえば、この人事候補者にはシェイクスピアの作品を正確にどの程度読んでいるかは訊かないほうがいいということになる。

*

この潜在的空間とその保護機能の分析が教えてくれるのは、われわれが読んでいない本について語るときに問題になるのは、幼児期に結びつけられる恥ずかしさの感情だけでなく、われわれが自分自身についていだき、また他人にも与えている自己イメージという、もっと深刻な脅威でもあるということである。書いたものがまだ重んじられる知識人の世界では、読んでいる本というのはわれわれのイメージを構成する要

15　*Ibid.*, p. 200〔同、一七二頁〕。

素であって、われわれが自分の〈内なる図書館〉を喚起したり、その限界を人前で明らかにするというリスクを冒したりするときに危険にさらすのは、この自己イメージにほかならない。

こうした文化的コンテクストでは、書物は——読んだものも読んでいないものも——いわば第二の言語となる。われわれはこれを使って自分について語ったり、他人の前で自己を表象したり、他人とコミュニケートしたりするのである。書物は、言語と同様、われわれが自分を表現するのに役立つだけでなく、自分を補完するのにも役立つ。つまり、書物から抽出され、手直しされた抜粋によって、われわれの人格に欠けている要素を補い、われわれが抱えている裂け目を塞ぐ、そうした役割を果すのである。

しかし書物は、言葉と同様、われわれを表象しつつ、われわれを歪めて伝えるものでもある。われわれはたしかに書物が与えるわれわれのイメージと完全に一致することはない。それが部分的なイメージであろうと、理想的なイメージであろうと、否定的なイメージであろうと同じである。われわれの個別性はそうしたイメージの背後で消えてしまうのである。しかも、これらの書物はしばしば、よく知られていない、ないし忘れ去られた断章としてしかわれわれのなかに存在していないため、あらゆる言語がそうであるように不十分であり、われわれとの代理関係もいびつである。

われわれが他人と書物について語りながら交換するのは、したがって、われわれの外部にあるような情報である以上に、自己同一性が脅かされる不安な状況にあってわれわれの内的一貫性を保証するのに役立つような、われわれ自身の一部である。恥ずかしさの感情の背後にあって、こうした交換によって脅かされているのは、われわれのアイデンティティーそのものなのである。この潜在的な空間があいまいさを保持しつづける必要があるのはそのためである。

この意味で、このあいまいな社交空間は学校空間の対極にあるといえる。学校空間というのは、そこに住む生徒たちが課題とされた書物をちゃんと読んでいるかどうかを知ることが何よりも大事とされる空間である。そこには完全な読書というものが存在するという幻想が働いている。あいまいさを一掃し、生徒たちが真実を述べているかどうかを確認しようというその狙いも錯覚を孕んでいる。読書というものは真偽のロジックには従わないものだからである。

書物に関する議論の空間は、遊戯の空間であり、絶え間ない折衝の、したがって偽善の空間であるが、リングボームはこれを真理の空間に変えようとして、パラドックスに陥り、それが彼を狂気に導くのである。彼はなるほどこれが不確定の空間であることが耐えられず、自分自身について最良のイメージが発せられることを求めたのだったが、それはスワローのゲームの特殊性に鑑みればじつは最悪のイメージにほかならなかった。つまり、不確定性が耐えられない彼にとってはより受け入れやすいイメージであり、彼はこれを選択するほかなかったのだが、それはせっかく自分自身と折り合いをつけた彼を破滅へと導くものだった。

*

このように、読んでいない本について気後れすることなしに話したければ、欠陥なき教養という重苦しいイメージから自分を解放するべきである。これは家族や学校制度が押し付けてくるイメージであり、われわれは生涯をつうじてこれにどうにか自分を合致させようとするが、それは無駄というものだ。われわれには他人に向けた真実より、自分自身にとっての真実のほうが大事である。後者は、教養人に見られたいという欲求——われわれの内面を圧迫し、われわれが自分らしくあることを妨げる欲求——から解放された者だけが接近できるのである。

Ⅲ-2 自分の考えを押しつける

バルザックが示しているように、書物というものは不断に変化する対象であり、インクに浸した紐をかけてもその変化を止めることはできない。それだけに書物について自分の観点を押しつけるのは簡単だという話。

前章で見たように、少し勇気がいるということを除けば、しかじかの本を読んだことがないと率直に認めない理由はまったくない。読んでいない本について意見を言うことを差し控える理由もない。ある本を読んでいないというのはごくありふれたことであり、それを気後れすることなく受け入れることは、むしろ真の問題に目を向けるための前提条件である。ここでいう真の問題とは、一冊の本ではなく、複雑な言説状況であって、本はそうした言説の対象というより結果にすぎない。

本というものはなるほどその周りで語られることに影響を受けないではいない。ほんの短い会話によってすら変えられるのである。このテクストの可変性は、〈ヴァーチャル図書館〉のあいまいな空間の不確定性を示す二つ目の特徴である。一つ目は、本について語る者がじっさいにその本についてもっている知識の不確定性を示すものだったが、この二つ目は、未読書について語るための戦術を考えるさいの決定的要素となる。固定した書物イメージではなく、流動的な状況のイメージをもとに考えるだけに、きわめて有効な戦術を練ることができるのである。この状況では、議論の担い手たちは、とくに自分の観点を押しつけることができる場合は、書物のテクストそのものを変化させることができるのだ。

＊

バルザックの小説『幻滅』[1]の主人公リュシアン・シャルドンは、アングレームの薬屋の息子で、ド・リュバンプレという母方の高貴な家名を名乗りたいという夢をいだいている。土地の貴婦人バルジュトン夫人に恋した彼は、自分の妹エーヴと結婚した親友、印刷屋のダヴィッド・セシャールと別れ、夫人に付いてパリに向かう。ただ彼が首都に向けて発つのはそのためばかりではない。彼はそこで一旗揚げたい、できれば文学方面で成功したいと思っているのである。彼は処女作の詩集『ひなぎく』[2]と歴史小説『シャルル九世の射手』[3]を携行する。

パリにやって来たリュシアンは、出版界を牛耳っている小さな知識人グループと交わり、ほどなく自分の幻想とかけ離れたこの世界――文学と芸術が産み出される世界――の現実を目の当たりにする。この現実を彼は、新たに友達になったジャーナリスト、ルストーとの会話のなかで突然発見するのである。ルストーは、金に困って、書籍商のバルベに自分の本を売らざるをえなくなるのだが、そのうちの何冊かはページを切ってもいない。ところが彼はそれらの本の書評を書くことを自分の新聞の編集長に約束していたのである。

バルベは本に目をやり、小口やカバーを丹念に点検した。

「保存状態は完璧だよ」とルストーは大声で言った。「『エジプト旅行記』[4]はペー

1 〈流〉〈聞〉〈忘〉○
2 〈未〉※
3 〈未〉○
4 〈未〉×

ジを切っていないし、ポール・ド・コックの本も、デュカンジュの本も、暖炉の上にあるこの『象徴をめぐる考察』[5]だって同じだ。こいつはタダでやるよ。神話《ミット》なんてものは退屈だし、虫《ミット》なんか涌かれたら大変だからね」

「でも」とリュシアンは言った。「書評のほうはどうするんです？」

バルベはリュシアンをひどく驚いた様子で眺め、それからルストーのほうに目を移して嘲笑った。「この方はさいわい文士じゃないみたいですね[6]」

リュシアンは、読んだことのない本について書評が書けるということが信じられず、新聞の編集長にした約束をどうやって守るつもりなのかとルストーに質問せずにいられない。

「それで、書評は？」とリュシアンは馬車でパレ・ロワイヤルへと走る途上で言った。

「君はこの手の仕事をどうやって片づけるか知らないんだね。『エジプト旅行記』は、本を開いて、ページを切らずにあちこち目を通したよ。それでフランス語の間違いを十一個見つけた。俺はこう書くさ。著者はオベリスクと呼ばれるエジプトの小石に刻まれたへんてこな言葉は学んだかもしれないが、自分の母国語はまるで分かってないってね。そしてそれを証明してやるよ。博物学や古代の遺物の話なんかしないで、エジプトの将来のことや、文明の進歩や、エジプトをまたフランスの味方につける方法なんかをもっぱら考えるべきだったってね。フランスはエジプトを征服して、そのあと失ったけど、精神的な影響力でまた繋ぎとめることはできるんだから。こういう話を愛国主義的にまとめて、全体にマルセイユだの、中近東だの、対外貿易だのと、へらず口を挿し入れたら、それで出来上がりというわけだ[7]」

リュシアンが、もし著者がほんとうに政治について論じていたらどうするのかと問うと、ルストーは平然と、そのときはそんなことで読者を退屈させないで、芸術でも論じて、国の風光明媚なところでも描いていたらよかったのにと書くと答える。ルス

5 〈未〉※

6 Balzac, *Illusions perdues*, Le Livre de poche, 1983, p. 206〔バルザック「幻滅」(上)、生島遼一訳、『バルザック全集』第十一巻、東京創元社、一九七四、二一五―二一六頁〕。

7 *Ibid.*, p. 208〔同、二一八頁〕。

トーにはしかも、いずれにしても、もうひとつ方法がある。それは「世界で一番の小説読み」[8]である連れ合いの女優フロリーヌに本を読ませることで、彼は、フロリーヌが「青臭い文章」が鼻についたと言ったときだけ本を評価し、出版社にもう一部本をよこすように言って、好意的な書評を書くのである。

*

以上からも分かるように、ここには、本をまったく読んでいないのにそれがどんなものかを思い描く場合、流し読みをしただけで本について語る場合、他人のコメントを頼りにする場合など、これまで本書で特定してきた未読の諸形態が見られる。リュシアンはそれでも友人の批評方法に少し驚き、その驚きを彼に打ち明ける。

「なんだって！　でも批評はどうなるんです？　神聖な批評は！」と自分が属しているセナークルの教義にどっぷり浸かっているリュシアンは言った。

「いやね、君」とルストーが言った。「批評というのは軽い布には使っちゃいけないブラシのようなものなんだ。そんなものに使ったら全部もっていってしまうからね。でも業界の話はこれくらいにしとこう。このしるしが見えるかい？」と彼は『ひなぎく』の原稿を見せながら言った。「君が結わった紐の真下に来る紙の部分にちょっぴりインクを付けておいた。もしドーリアが君の原稿を読んだとしたら、紐を正確に元の位置に戻すことはできないはずだ。これで君の原稿は封印されたも同然だ。君がしようとしている経験にとって、これは無駄じゃないはずだよ。しかも君は、あの青二才の連中みたいに独りで、推薦人なしでこの店に入っていくわけじゃない。連中ときたら、十の出版屋に出向いてやっと一軒で話を聞いてもらえるんだからね……」[9]

このようにルストーは、友人リュシアンの幻想を打ち砕く仕事を容赦なく続けてゆく。彼はリュシアンに、『ひなぎく』の原稿をパリでもっとも重要な出版人の一人であるドーリアに渡す前に、ドーリアが原稿を開いたかどうか――読んだかどうかですらなく――を確認できるようにするため、インクをしみ込ませた紐を使って原稿を「封印」するよう勧めるのである。

8 *Ibid.*, p. 209〔同、二一九頁〕。
9 *Ibid.*〔同〕。

リュシアンがドーリアのところに結果を尋ねにいくと、ドーリアは出版の可能性について希望をもたせるようなことはほとんど何も言わない。

「たしかに」とドーリアは肘掛け椅子の上でスルタンのように身を傾げながら言った。「あの詩集はざっと読んだし、その道の目利きに読ませもした。私自身は専門家じゃないんでね。私は、いいかね、あのイギリス人が色恋を金で買ったように、すでに出来上がった名声に金を払うんだ。あんたはいい詩人だよ。器量がいいのと同じくらい詩人としての腕もいい。出版屋としてじゃなく一人の人間として言うんだが、あんたのソネットは絶品だ。苦心の跡が見られない。これは詩想と才気のある詩人にはまれなことだよ。そのうえ韻の踏みかたも心得ている。これは新しい流派の美点の一つだ。あんたの『ひなぎく』[10]は美しい本だよ。でも商売にはならない。それに私は大きな企画しか扱わないんでね」

ドーリアは、原稿を全部読んだとは主張しないが、それでも目を通したとは言うし、文体にかかわる指摘もいくつかしている。たとえば押韻に関するものがそれだ。しかし、ルストーの仕掛けのおかげで、それがかなり怪しいものであることが判明する。

「原稿はいまお持ちですか？」とリュシアンは素っ気なく言った。

「ここにあるよ」とドーリアは答えたが、彼のリュシアンにたいする態度はすでにずいぶん和らいだものとなっていた。

リュシアンは紐の状態を確認もせずに原稿の束を受け取った。ドーリアは『ひなぎく』をほんとうに読んだように見えたからである。彼はルストーとともにドーリアのオフィスを出たが、落胆したふうでも、不満気でもなかった。ドーリアは自分の新聞やルストーの新聞について話しながら二人に付いて出てきた。リュシアンは無造作に『ひなぎく』の原稿を手でもてあそんでいた。

「ドーリアが君のソネットを自分で読むか、人に読ませるかしたとでも思ってるのかい？」とルストーが彼の耳もとでささやいた。

「ええ」とリュシアンは答えた。

「封印を見てごらんよ」

リュシアンはインクと紐がまったくくずれていないことに気づいた。[11]

10　*Ibid.*, p. 284〔「幻滅」（下）、『バルザック全集』第十二巻、二七頁〕。

ドーリアは、原稿を紐解いてもいないのに、詩集について先に下した自分の評価の説明に窮する様子はみじんも見せない。

「どのソネットがとくにいいと思ったんですか」とリュシアンは憤怒のあまり青ざめながらドーリアに訊いた。

「どれもすばらしいよ」とドーリアは答えた。「とくにひなぎくについてのソネットがいい。じつに繊細な思想で終わっているところがね。これを読んで、あんたの散文はいけると思ったんだ[12]」

＊

ある本について語るのにその本を読んでいる必要はないという考えは、このリュシアンとルストーの会話の続きでもふたたび表明されている。ルストーはリュシアンに、ドーリアから受けた辱めへの仕返しとして、彼が可愛がっている作家ナタンの本を酷評するような記事を書かないかともちかける。しかしその本の長所はあまりに明らかなので、リュシアンにはどうやったらいいか分からない。そこでルストーは彼に、笑いながら、そろそろ仕事を覚えるべき時だと言う。ルストーによれば、この仕事とは、まるで軽業師のように美点を欠点に変えること、つまり傑作を「愚にもつかぬもの」[13]に変えることである。

ルストーはつづいて、申し分ないと思っている本をこき下ろす方法を伝授する。それにはまず「本当」のことを述べ、作品を褒めなければならない。このように冒頭で好意的な批評にふれ、信頼感をいだかされることで、読者は批評家を公平だと判断し、その先を読んでもいいと思うのである。

次にすべきことは、ナタンの著作はフランス文学が現在とらわれている傾向を反映しているということを示すことである。ルストーはじっさいそれをやってみせる。彼によれば、この傾向の特徴は、描写と対話の濫用であり、イメージの氾濫である。逆にそこには、フランス文学の偉大な作品をつねに支配してきた思想がない。たしかにウォルター・スコットはすばらしいが、「偉大なのは創始者のみ」[14]で、彼の影響はそ

11 *Ibid.*, p. 285〔同、二八―二九頁〕。
12 *Ibid.*, p. 286〔同、二九頁〕。
13 *Ibid.*〔同、三〇頁〕。
14 *Ibid.*, p. 287〔同、三一頁〕。

の後継者たちにとっては有害である。

こうして「思想の文学」と「イメージの文学」が対置され、ナタンの文学は後者に属するものとして貶められる。しかもナタンは模倣者でしかなく、うわべの才能しかもっていない。彼の作品は、褒めるべきところがないわけではないが、文学を大衆へと開き、多数の群小作家にかくも安易な形式を模倣せしめるという点で危険でもある。ルストーはリュシアンに、こうした趣味の退廃に反対し、ロマン主義の侵略に抗してヴォルテールの流派を守り、イメージにたいして思想を擁護しようとする作家たちの闘いを支持するよう勧める。

しかもルストーは、一冊の本を葬り去る方法はほかにもあると言う。たとえば「奥の手」と呼ばれるものがそれだ。これは「二つの約束のあいだで本の息の根を止める」[15]方法で、記事の冒頭で取り上げる本のタイトルを掲げるが、本文ではひたすら一般的考察に逃げ、最後に次の記事で本に言及すると予告する、しかし次の記事なるものが現われることはない、というものである。

*

このナタンにたいする批評の例はそれまでの例とは異なっている。なぜならそこではリュシアンはすでに読んだことのある本についてコメントするよう勧められているからである。しかしそこで説明されている原則は、リュシアン自身の作品や『エジプト旅行記』が批評対象として想定されていたときと同じである。すなわち、ある本の内容は、この本を対象とする言説にとっては重要性をもたないということだ。バルザックにおいては、究極のパラドックスによって、あるいは挑発を好む結果、批評する作品を読むことだってありうるとされている。

『エジプト旅行記』の場合も、リュシアンやナタンの本の場合も、コメントは本とは関係ないが著者とは関係している。本の価値を決めるのは、著者の価値、つまりは文学システムのなかでの彼の位置である。ルストーがリュシアンに明言しているように、出版人だけが標的とされる場合すらある。「ここでは君はナタンに対してじゃなくドーリアに対して記事を書いてるんだ。ツルハシの一撃が必要だよ。立派な著作はツルハシで叩いてもこたえないし、下らない本には芯まで突き刺さる。前者の場合は出版人しか傷つかないし、後者の場合は読者のためになる」[16]

15 *Ibid.*, p. 289〔同、三二一頁〕。
16 *Ibid.*〔同〕。

著者の位置といっても、それはつねに一定というわけではない。したがって本の価値も著者の価値とともに変化するのである。リュシアンは身をもってそれを体験する。というのも彼は、ナタンの本についての彼の記事を読んだドーリアに、自分の詩集の出版を簡単に引き受けさせるからである。しかもドーリアはみずからリュシアンの住居に赴いて、和平を申し出るのだ。

彼はポケットからしゃれた財布を出し、そこから千フラン札を三枚抜きとって皿の上に置き、お追従のようにそれをリュシアンに差し出して言った。「これでご満足でしょうか？」

「ええ」とリュシアンは返した。この望外の金額を目にして、感じたこともない幸福感で満たされる思いだった。

リュシアンはじっとこらえたが、本当は歌でも唄いたい気分だった。飛び跳ねたい気分だった。魔法のランプというのはあるのだ、魔術師というのはいるのだと思った。自分は天才だと感じた。

「これで『ひなぎく』は私のものですな」とドーリアは言った。「私が出版するものを一つでも攻撃するのは金輪際やめてくださいよ」

『ひなぎく』はあなたのものですが、私のペンについては何のお約束もできません。私のペンは私の仲間たちのものです。彼らのペンが私のものであるように」

「でもまあ、あんたも私が抱える著者の一人になるわけでしょ。私の著者はみんな私の友達だ。だから商売に不利になるようなことを書くんだったら前もって言ってもらわないと。こちらも手を打つ必要があるんだから」

「わかりました」

「あんたの名声のために！」とドーリアがグラスを掲げながら言った。

「『ひなぎく』は読んでいただいたようですね」とリュシアンが言った。[17]

ドーリアはこの皮肉にもまったく動じる様子を見せない。というのも、本の著者が以前と今とではちがうからである。

「お若いの、中身を知りもしないで『ひなぎく』を買うってのは、出版屋がお見

17　*Ibid.*, p. 294〔同、三八―三九頁〕。

せできる精いっぱいの心意気だ。半年もすれば、あんたは大詩人になる。たくさん記事も書いてもらえるだろう。みんながあんたのことを恐がってるんだ。私が何もしなくてもあんたの本は売れるだろう。私は四日前と同じ商人だ。変わったのは私じゃなく、あんたなんだ。先週、あんたのソネットは私にとっては紙くず同然だった。でも今じゃあそれが、あんたの立場が変わったために『メセニエンヌ』〔当時人気の高かった詩人ドラヴィーニュの作品〕になったんだ」

「それじゃあ」と、美しい恋人をもつスルタン的な喜びと、自分の成功についての確信のおかげで、嘲笑的で、可愛らしいまでにぶしつけになったリュシアンが言った。「あなたは私のソネットは読まなかったが、記事のほうは読んだっていうんですね」

「そのとおりだ。そうじゃなかったらこんなにあわてて来たりはしないよ。あの困った記事だが、あれは残念ながらじつによく書けてる」[18]

しかしリュシアンの幻滅はこれで終りというわけではない。リュシアンの記事が出たその晩、ルストーは彼に、ナタンに会ったが、絶望している様子だったと伝える。そしてナタンをこのまま敵にしておくのは危険すぎるので、「彼の顔に賛辞を注入し」[19]てはどうかともちかける。批判したばかりの本について今度は好意的な記事を書くのかと驚くリュシアンを、仲間一同はまた笑いものにする。ルストーによれば、先のリュシアンの記事は、仲間の一人の機転で、たんに「C」としか署名されていない。したがって彼は、別の新聞に別の記事を書き、それには「L」と署名すればよい。

しかし褒めるようなことは何もないとリュシアンが言うと、仲間の一人のブロンデが、先にルストーが担った役を買って出て、次のように説明する。「ひとつひとつの観念には表と裏があるんだ。誰もどちらが裏かなど確言できないがね。思想の領域ではすべてが二面をそなえている。観念というのは二元的なんだ。双面の神ヤヌスは批評の神話にして天才のシンボルなのさ」[20]ブロンデはこうしてリュシアンに、この二つ目の記事では、思想の文学とイメージの文学という二つの文学があるという流行の理論そのものに嚙みつくよう示唆する。そしてもっとも高尚な文学はむしろ両者を結合させるものであるはずだと説くよう勧める。

さらにブロンデは、「C」と「L」と署名した二つの文章以外に、両者を和解させ

18 *Ibid.*, p. 295〔同、三九頁〕。
19 *Ibid.*, p. 299〔同、四三頁〕。
20 *Ibid.*〔同、四四頁〕。

るような第三の記事を書いて、それを「ド・リュバンプレ」と署名するよう促す。そしてそこでは、ナタンの本が巻き起こした議論の反響の大きさじたいが本の重要性の証だというふうに持っていけばいいと言う。

＊

バルザックがここで披露しているのは、私のいう〈ヴァーチャル図書館〉の諸特性の戯画にほかならない。この小説家が描く知識人の小宇宙で重要なのは、もっぱら、そこで立ち動く人々の社会的ポジションである。書物そのものは、陰に追いやられていて、大きな役割を果すことはない。しかも、書物について意見を言う前にそれを読む者はだれもいない。書物は、社会的および心理的諸力のあいだの不安定な関係によって定義される中間的対象に取って代わられているのであって、それじたいでは問題にされないのである。

ロッジの「屈辱」のゲームにおけるように、やはり恥ずかしさの感情がこの空間を組織する本質的要素となっているが、しかしこの感情の機能はここではアイロニカルに逆転されている。屈辱に脅かされるのは本を読んでいない者ではなく、本を読んだ者なのである。本を読むのは一段低い行為であり、囲われ女の仕事だとされているのだ。とはいえ、恥ずかしさの感情の周りにこの空間が組織されていることに変わりはない。そしてこの空間は、その遊戯的な外観とは裏腹に、大きな心的暴力を秘めた空間である。

バルザックにおいても、ロッジにおいても、ゲームは権力の座を求めてなされる。権力は、文学的価値と直接に結びついているだけに、作品評価のうえでも重要である。好意的な批評は権力を呼び寄せるし、また逆に、権力は好意的批評を保証する。リュシアンの場合のように、テクストのクォリティーすら保証するのである。

ある意味で、バルザックが描く世界はロッジの世界とは逆である。イギリスの大学人の世界では本を読まないことはタブーであるが――それをあえて口外する者は文化的空間から排除されかねない――、バルザックにおいてはこのタブーの侵犯はふつうのことであり、それじたい規則ですらある。そこでは本を読むことのほうが屈辱的と考えられ、一種のタブーとなっているのである。

タブーの侵犯はここでは二重である。一方において、本を開きもしないで本について語ることは容認されていることであり、推奨すらされている。リュシアンはそれに異を唱えるようなことを言って笑いものにされるのだ。極端にいえば、そこにはもはや侵犯すらない。もはや誰も本を読もうなどとは思わないからである。ジャーナリズムに不案内な人間が現われてはじめて、本を読むことがひとつの可能性として取りざたされるのである。

この第一の侵犯は、もうひとつの侵犯によって裏打ちされているが、第二の侵犯は、ある本についてはどんな評価でも下しうるということに関係している。これは第一の侵犯が別の形をとったものにほかならない。ある本について語るのにその本を開いても仕方がないのは、あらゆる評価が可能であり、どんな評価も論証可能だからというわけだ。つまり書物は、純粋な口実になってしまい、ある意味で存在することをやめるのである。

＊

この二重の侵犯は、あらゆる本が結局はどんな本とも等価であり、あらゆる判断が他のどんな判断とも等しく、評価というものが無限に逆転可能であるような、そうした全般的な倒錯の前兆である。しかし、リュシアンの仲間たちがここで言っていることは、詭弁的ではあるものの、読書について、またわれわれが書物について語るときの語りかたについて、いくつかの真理を明らかにしてくれる。

ルストーとブロンデがリュシアンに互いに矛盾する二つの記事を書くことを勧める

ときの態度は、それらが同じ本に関するものであったとしたらショッキングだっただろう。しかしバルザックが仄めかしているところによれば、これら二つの場合では、批評の対象とされている本はまったく同じではないのである。もちろん物質的な意味での本はひとつであるが、諸関係の結び目としての本はそうではない。ナタンの社会空間でのポジションが変化するにつれて変わるのだ。それは『ひなぎく』が、著者のリュシアンがある社会的地位を獲得するとすぐに、もはやまったく同じ作品ではなくなるのと同じである。

いずれの場合も、本は物質的には変化しないが、〈共有図書館〉の要素としては変容を蒙るのである。バルザックはここでコンテクストの重要性に注意を促している。彼はたしかにこの重要性を戯画化しているが、コンテクストの決定力を強調している点は見逃せない。コンテクストに関心を向けることは、書物というものは永遠に固定されてあるものではなく、動的な対象であり、その変わりやすさは部分的には書物の周りで織りなされる権力関係総体に由来している、ということを思い出すことである。

もし著者も書物も変わるものだとしたら、読者はどうだろうか。少なくとも読者だけは変わらないとは言えないだろうか。これもじつはきわめて疑わしい。リュシアンがルストーのコメントを聞いたあと、どれほど速やかにナタンの本についての自分の評価を変えるかを思い出そう。

リュシアンはルストーの話を聞いて仰天した。目から鱗が落ちるとはこのことだった。彼は予測だにしなかった文学上の真実を発見しようとしていた。

「君が言っていることは理にかなってるし、正しいよ」と彼は大声で言った。

「そうじゃなかったらナタンの本なんかやっつけられないよ」とルストーは言った。[21]

リュシアンがナタンの本について自分の考えをあらためるには、ルストーと短い会話を交わすだけで十分だったのである。しかもナタンの本を再読したわけでもない。ここで問題となっているのはしたがって書物そのものではなく、その書物について人々が交わす言葉の相互作用である。リュシアンはこうしてナタンの本について新しい見解をいだくようになり、すぐにはこれを変えることができない。その証拠に、ルストーに二つ目の、今度は好意的な記事を書くよう勧められたときには、彼は褒めるようなことは何もないと言って断わろうとするのである。ところが、仲間たちの忠告でこの見解も長続きせず、結局は最初にいだいていた印象に逆もどりする。

翌朝、前の日のさまざまな考えが彼の頭のなかで芽を吹いた。あふれんばかりの活力をまだほとんど何にも役立てていない若者さながらだった。リュシアンはこの新しい記事について色々と想を練るのが嬉しく、熱心にその執筆にとりかかった。彼のペンの下で、矛盾が生み出すさまざまな美が交錯した。彼は才気に富み、かつ嘲笑的だった。文学における感情や、思想や、イメージに関する新たな考察の域にまで踏み込んだ。巧みで繊細な彼は、ナタンを褒めるにあたって〔……〕その本を読んだときの第一印象を思い出した。[22]

リュシアンの不安は、じつのところ、書物の変わりやすさにまつわる不安ではなく、自分自身の内面の変わりやすさと、それについて彼が少しずつ発見する事柄にまつわる不安なのではないかと問うこともできる。ブロンデが彼に提案する複数の知的・心的ポジションを、彼は次々と問題なく占めることができる。それらを一度に占めるこ

21　*Ibid.*, p. 288〔同、三三二頁〕。
22　*Ibid.*, p. 303〔同、四八頁〕。

とすらできるだろう。彼を動揺させるのは、彼の仲間たちの書物にたいする軽蔑の念である以上に、自分の他人と自分自身にたいする不実なのである。この不実はしかも彼の転落の原因となる。[23]

*

書物は固定したテクストではなく、変わりやすい対象だということを認めることは、たしかに人を不安にさせる。なぜなら、そう認めることでわれわれは、書物を鏡として、われわれ自身の不安定さ、つまりはわれわれの狂気と向き合うことになるからだ。ただ、それと向き合うリスクを受け入れる――リュシアンよりも決然と――ことをつうじてはじめて、われわれは作品の豊かさにふれると同時に、錯綜したコミュニケーション状況を免れることができるということもまた事実である。

テクストの変わりやすさと自分自身の変わりやすさを認めることは、作品解釈に大きな自由を与えてくれる切り札である。こうしてわれわれは、作品に関してわれわれ自身の観点を他人に押しつけることができるのである。バルザックのヒーローたちは、〈ヴァーチャル図書館〉の驚くべき可塑性を見事に示している。〈ヴァーチャル図書館〉は、本を読んでいるいないにかかわらず、読者を自称する人間たちの意見に惑わされることなく自分のものの見方の正しさを主張しようと心に決めた者の欲求に合わせて、いとも容易に変化するのである。

23 リュシアンは、自由派と付き合ったあと、王党派に接近しようとして万人を敵に回すことになる。

Ⅲ-3

本をでっち上げる

漱石の小説を読みながら、一匹の猫と一人の金縁眼鏡の美学者が、活動分野はちがうもののいずれも大ぼらを吹くさまを観察する。

本というものは、〔物理的な意味での〕本である以上に、本が人の手から手へと渡り、変化してゆく言説状況の総体である。だとするなら、読んでいない本について正確に語るためには、この状況にこそ敏感でなければならない。というのも、問題となるのは本ではなく、本が介入し変化してやまない批評空間において、本がどう変わったかということだからである。この変化する新たな対象は、テクストと人間との諸関係からなる動く織物である。未読書について語るための、時宜を得た、正しい方法が提案できるためには、まさにこの対象を視野に置かなければならない。

ここでいう本の変化は、たんに本の価値にかかわる変化ではない。バルザックにおいて見たのは、たしかに本の価値が著者の政治的・社会的立場の変化にともなっていかに迅速に変わるかということだったが、変化するのは本の内容でもある。本の内容は、本の価値より安定しているわけではなく、それについて交わされる言葉のやりとりに応じて大きく変化しうるのだ。しかしこのテクストの変わりやすさを不都合ととらえてはならない。これを逆に利点と考えることができる者には、これはひとつのチャンスである。すなわち自分も創作者（ただし読んだことのない本の）になるチャンスなのである。

*

夏目漱石は、彼のおそらくもっとも有名な小説『吾輩は猫である』[1]のなかで、ナレーションを一匹の猫に委ねているが、この猫は自分の自伝的物語を次のような言葉で始めている。

1 〈流〉◎

吾輩は猫である。名前はまだない。
どこで生れたか頓《とん》と見当がつかぬ。何でも薄暗いじめじめした所でニャーニャー泣いていた事だけは記憶している。吾輩はここで始めて人間というものを見た。しかもあとで聞くとそれは書生という人間中で一番獰悪《どうあく》な種族であったそうだ。[2]

語り手の猫は、ここで言われているように名前がなく、小説の最後まで無名のままである。彼の人間との最初の出会いはあまり幸運なものではなかった。彼は書生に捕まえられ、いつのまにか遠いところに運ばれて、気づいたら笹原のなかに捨てられていたのだ。そこで知らない家に忍び込み、大学教師をしている家主に拾われる。『吾輩は猫である』は彼が住むことになったこの先生〔のちに苦沙弥と呼ばれる〕の家での生活を語ったものである。

小説では猫としての語り手の観点——猫的な観点——が支配的であり、それ以外の観点はまったく排除されているが、この観点はじつは半ば人間的でもある。というのも、この語り手は無教養な動物ではなく、人間の会話を理解もできれば、文字を読むこともできるという、特殊な能力をそなえた猫なのである。

かといってこの猫の語り手は、自分の出自を忘れるわけでも、猫仲間との付き合いを怠るわけでもない。彼はメス猫の三毛とオス猫の黒という、界隈に住む二匹の猫とねんごろになる。なかでも黒は腕力にものをいわせて近隣に君臨している猫である。しかも、この小説では大ぼら吹きの人物が何人か出てくるが、黒はさしずめその猫側の代表とでもいうべき猫なのである。黒がほらを吹くのはもちろん猫にとって大事な分野、たとえば捕まえた鼠の数などについてである。黒はこの分野での自分の戦果を誇張して憚らない。

＊

先生のもとを訪れる客の一人に黒の分身がいる。それは語り手の猫が「金縁眼鏡の美学者」と呼ぶ人物〔のちに迷亭と判明〕で、始終でたらめを言い、人をかつぐことを無上の喜びとしている。

小説の冒頭で、この美学者は、先生が絵に興味をもち、自分も描いてみたいと思っているのを知り、イタリアの画家アンドレア・デル・サルトの理論とやらを吹聴する。

2 *Je suis un chat*, trad. Jean Cholley, Gallimard, 1989, p. 23〔『吾輩は猫である』岩波文庫、一九九〇、七頁〕。

それによると、絵はできるだけ自然そのものを見て、写生によって描かなければならない。これに感心した先生は、さっそく実行に移すが、絵は一向にうまくならない。一方美学者は、次にやって来たときに、デル・サルトの話はまったくの作り話だと明かす。そして同じようにして人をかついだ経験談をいくつも披露する。

美学者は［……］大喜悦の体《てい》である。吾輩は椽側でこの対話を聞いて彼の今日の日記には如何なる事が記さるるであろうかと予《あらかじ》め想像せざるを得なかった。この美学者はこんな好加減《いいかげん》な事を吹き散らして人を担《かつ》ぐのを唯一の楽《たのしみ》にしている男である。彼はアンドレア・デル・サルト事件が主人の情線に如何なる響《ひびき》を伝えたかを毫も顧慮せざるものの如く得意になって下《しも》のような事を饒舌《しゃべ》った。
「いや時々冗談を言うと人が真《ま》に受けるので大に滑稽的《こっけいてき》美感を挑撥《ちょうはつ》するのは面白い。先達てある学生にニコラス・ニックルベーがギボンに忠告して彼の一世の大著述なる『仏国革命史』[3]を仏語で書くのをやめにして英文で出版させたと言ったら、その学生がまた馬鹿に記憶の善い男で、日本文学会の演説会で真面目に僕の話した通りを繰り返したのは滑稽であった。ところがその時の傍聴者は約百名ばかりであったが、皆熱心にそれを傾聴しておった」[4]

美学者が語る話は二重の意味で法外な話である。まず、ニコラス・ニクルビーは虚構の人物〔ディケンズの小説の主人公〕なので、彼がギボンという実在したイギリスの歴史家に忠告するということはありえない。次に、たとえ二人が同じ世界に属していたとしても、ニクルビーが文学世界にはじめて登場するのが一八三八年で、ギボンはその五〇年近く前に死んでいるので、彼らが対話するというのも考えられない〔そのうえそもそも『仏国革命史』はギボンの著作ではない〕。

この最初の例では、美学者はまったくのでたらめを言っているが、次の例では事情は少し異なっている。こちらは未読書についてのわれわれの考察に直接かかわってくる事例である。

「それからまだ面白い話がある。先達て或る文学者のいる席でハリソンの歴史小説『セオファーノ』[5]の話しが出たから僕はあれは歴史小説の中《うち》で白眉《はくび》である。こ

3 〈未〉×

4 *Op. cit.*, p. 35〔前掲書、二一―二二頁〕。

とに女主人公《じょしゅじんこう》が死ぬところは鬼気人を襲うようだと評したら、僕の向うに坐っている知らんといった事のない先生が、そうそうあすこは実に名文だといった。それで僕はこの男もやはり僕同様この小説を読んでおらないという事を知った[6]」

これほどシニカルに出られると、いろいろ疑問も涌いてくるというものだ。じっさい先生から美学者にすぐに質問が発せられる。

神経胃弱性の主人は眼を丸くして問いかけた。

「そんな出鱈目をいってもし相手が読んでいたらどうするつもりだ」

あたかも人を欺くのは差支《さしつかえ》ない、ただ化《ばけ》の皮《かわ》があらわれた時は困るじゃないかと感じたものの如くである。美学者は少しも動じない。

「なにその時ゃ別の本と間違えたとか何とかいうばかりさ」といってけらけら笑っている[7]。

たしかに、ある本について不用意に話しはじめ、相手に疑義を差し挟まれたとき、本をまちがえたということはつねに可能である。読書に記憶違いはつきものなので、この種の逃げ口上にはほとんどリスクはない。それに、もっともよく覚えている本にしたところで、それはわれわれの〈内なる書物〉を背後に隠している〈遮蔽幕《スクリーン》〉としての書物〉なのである。しかし、この美学者の場合、自らの過ちを認めるというのは最良の解決法だろうか。

*

漱石の作品はじつは興味ぶかい論理上の問題を提起する。金縁眼鏡の美学者の嘘は女主人公の死のシーンについての嘘であり、彼の対話者の嘘は、その嘘を追認するときに——すなわち、ハリソンの小説のなかにそのようなシーンがあるということに異論を唱えるどころか、それを名文だと評するときに——発覚するとされている。しかし自身その作品を読んでいない美学者が、相手も読んでいないとどうして分かるのだろうか。

漱石がここで描いている状況は、かなり奇妙な対話状況である。二人の対話者はど

5 〈流〉×
6 *Op. cit.*, p. 35〔前掲書、一二二頁〕。
7 *Ibid.*〔同〕。

ちらもある一個の作品を読んだことがないことになっているのだが、もし二人とも読んでいないとしたら、どちらも相手が読んでいない（つまり読んだと言って嘘をついている）ということも分からないはずなのである。ある本についての対話のなかで嘘という言葉が意味をもつためには、少なくとも一方が本を読んでいなくてはならない、あるいは本についてだいたいのことを知っていなければならない。

しかし、対話者の一人もしくは両方が本を「読んで」いたところで状況は異なっていただろうか。漱石のこのエピソードの利点は、ロッジの屈辱ゲームと同様、〈ヴァーチャル図書館〉の二つの不確定性のうちの一つ目をわれわれに思い起こさせる点である。それは読者の能力に関するものだ。ある本について誰かと話しているときに、その相手がどの程度その本を読んでいるかを知るのはむずかしいし、場合によっては不可能なのである。それは、これほど本音を言わない領域もないからだけではない。より根本的には、話している者たち自身にも分かっていないからである。もし彼らがこの種の質問に答えられると思っているとしたら、それは思い込みである。

このように、このヴァーチャルな空間は騙し合いのゲームの空間である。その参加者たちは、他人を騙す前に自分自身が錯誤に陥る。彼らが書物について保持している記憶は、彼らが置かれている状況に賭けられていたものの痕跡を色濃くとどめているからである。ロッジの大学教師がしようとしたように、ある本を読んだと思われる者とそれを読んでいないと思われる者を二つの陣営に分けようとするのは、読書行為が孕む不確定性を過小評価することである。そうすることでわれわれは、読者を自称する人たちと非‐読者を自称する人たちの両方を見誤ることになる。前者については、あらゆる読書につきものの忘却というものを考慮に入れないことになるし、また後者については、一個の書物との出会いがつねに孕む創造の契機というものを見逃すことになるからである。

〈他者〉は知っていると考える習慣を断ち切ることは——この場合〈他者〉とは自分自身のことでもあるが——、書物について、それを読んでいるいないにかかわらず、よい条件のもとで語るための最重要の条件のひとつである。書物についての言説で問題になる知というのは不確かな知であり、〈他者〉とは話し相手の上に投影された、不安を呼ぶわれわれ自身のイメージであって、そのモデルはかの遺漏なき教養というフィクションである。学校制度によって伝播されるこのフィクションが、われわれが生きたり、考えたりする妨げとなっているのである。

しかし〈他者〉の知を前にしたこの不安は、とりわけ書物にまつわる創造の妨げとなっている。〈他者〉は読んでいる、だから自分より多くのことを知っている、と考えることで、せっかくの創造の契機であったものが、未読者がすがる窮余の策に堕してしまうのである。しかし、本を読んでいる者も読んでいない者も、望むと望まざるとにかかわらず、書物創造の終りのないプロセスのなかに巻き込まれているのだ。真の問題は、したがって、そこからどのように逃れるかではなく、それをいかに活性化し、その射程をいかに拡げるかを知ることなのである。

＊

対話者の能力をめぐるこの第一の不確定性は、書物そのものにかかわる第二の不確定性と対になっている。これはすでにバルザックが取り上げていたものだが、漱石の場合はさらにそれが強調されている。書物について相手が何を知っているか、またわれわれ自身が何を知っているか、それがよく分からないのは、書物のなかに何があるのかを知ることがそれほど容易ではないからでもある。そしてこの疑念は、バルザックにおけるように書物の価値にかかわるだけでなく、その「内容」にまで及ぶのである。

フレデリック・ハリソンの『セオファーノ』[8]についてもそれは言える。金縁眼鏡の美学者は、この作品に関して人をかついだことがあると称している。しかも相手は彼の嘘に相槌を打ったので、その人物もこの小説を読んでいないということが分かったというのである。この小説は一九〇四年に出版されたもので、ビザンティン小説とでもいうべきジャンルに属している。物語の設定は九五六年から九六九年で、おもに東ローマ帝国皇帝ニケフォロス二世フォカスによるイスラムへの逆襲とその勝利を語っている。

問題となるのは、ヒロインの劇的な最期についてコメントしている美学者は本当にでたらめを言っているのかという点である。これを問うことは、漱石はみずから読んでいない本について語っているのかということを別の形で問うことでもある。この作品ではヒロインは死ぬと言えるのか。またそう言える場合、彼女の死は「鬼気人を襲う」ように描かれているか。

これらの問いに答えるのはそれほど簡単ではない。ここでヒロインと考えてもいい歴史上の人物といえばテオファノ〔漱石いうところのセオファーノ〕――ニケフォロス二世の妻で、のちに皇帝暗殺に加担する――だろうが、彼女はこの作品では死なず、

8 Frederic Harrison, *Theophano, The Crusade of the Tenth Century*, New York, Harper and Brothers, 1904.

囚われの身になって追放されるだけである。[9] しかしこれを広義の死ととることもできるだろうし、この作品をほんとうに読んだ人間が、このヒロインが消えてしまった詳しい状況など忘れてしまって、彼女は不幸に見舞われるということだけを覚えているということもありうるだろう。そんな場合に、それでは作品を読んだことにならないと言って非難できるとは思われない。

　問題をよりややこしくするのは、この小説にはじつはヒロインは一人ではなく二人いるということである。二人目は、控えめで現実家のヒロインである皇女アガタで、彼女は自分の愛するバシル・ディゲネス——皇帝ニケフォロス二世の盟友——が戦死したことを知って修道院に入る。この部分は抑えの利いた叙情性をもって語られているだけになおさら見事な出来ばえとなっている。したがって女性の登場人物が感動的に姿を消すシーンはあるのである。そしてその人物が死んだと記憶していたところで、それは作品を読んでいない証拠だとはいえないはずである。

『セオファーノ』でヒロインは本当に死ぬのかという事実問題を別にしても、美学者が死のシーンを褒めるのはまったく正当である。というのも、この種のシーンはある意味でつねに存在するからである。少なくとも潜在的なシーンとして存在するのだ。この時代の冒険小説で女性が登場しない作品はまずないし、読者の関心を少しでも惹こうとすればそこに恋愛の話をもってこないわけにはゆかない。そしてその場合、恋の果てにヒロインが死ぬというのもまた避けがたいところだ。ハッピーエンドは伝統的に文学には不向きだからである。[10]

したがって美学者が『セオファーノ』を読んだかどうかを知るのは二重の意味でむずかしい。まず、この作品にヒロインが死ぬシーンがあるというのは、死ぬというより姿を消すという方がおそらく適切であるとはいえ、かならずしも嘘とはいえない。次に、この点でまちがえたからといって、それは本を読んでいない証拠にはまったくならない。なぜなら、ヒロインの死というこの幻想はあまりに浸透力が強いため、読後すぐにこれが作品と結びつき、いわば作品の一部となるのも無理ないからである。

このように、われわれが話題にする書物というのは、客観的物質性を帯びた現実の書物であるだけでなく、それぞれの書物の潜在的で未完成な諸様態とわれわれの無意識が交差するところに立ち現われる〈幻影としての書物〉である。この〈幻影としての書物〉は理論的には現実的物象としての書物から生まれるはずのものだが、われわ

9 *Ibid.*, p. 337.

10 作品中でもっとも美しい箇所のひとつがヒロインの死のシーンであるような小説は世界中の文学に数え切れないほどある。

れの夢想や会話というのは現実の書物よりもこの〈幻影としての書物〉の延長上に花開くのである[11]。

*

以上から分かるように、書物についての議論が招来するのは、金縁眼鏡の美学者が信じているのとは裏腹に、真偽の概念がかなり有効性を失うような空間である。第一に、自分がある本を読んでいるかどうかを明確に知るのはむずかしい。読書の記憶というのはそれほどはかないものだからである。次に、他人がそれを読んでいるかどうかを知ることはほとんど不可能である。読んでいるということは、まず彼ら自身がこの問いに答えられるということだからだ。そして最後に、テクストの内容というのは不鮮明な概念である。何かがそこにないとはなかなか確言できないものなのである。

書物をめぐる議論のヴァーチャルな空間は、したがって、すこぶる不明瞭であることをその特徴としている。そしてこの不明瞭は、自分が何を読んだかを厳密に言えないこの舞台の役者たちだけでなく、彼らの議論の変わりやすい対象にもかかわっている。しかし、この不明瞭には不都合な点しかないわけではない。もしこのはかない〈図書館〉の住人がその気になれば、これを紛れもないフィクション空間に変えることができるのである。

書物についての対話からなる〈ヴァーチャル図書館〉がフィクションの領域だということは、軽蔑的な意味で解すべきではない。この〈図書館〉は、その住人たちによってそのデータが尊重されるならば、ある種の独創的な創造を促すことができるのである。この創造は、本についての噂が、その本を読んでいない人たちのうちに生じさせる反響をもとになされる。それは個人的である場合も、集団的である場合もある。この創造の目的は、さまざまな要素が混じったこの反響を出発点として、未読者が身をおく状況にもっとも適合した書物をつくり上げることである。つまり、オリジナルとは弱い関係しかもっていないが(しかしそもそもオリジナルとはどのようなものなのだろうか)、さまざまな〈内なる書物〉が出会う地点にはできるかぎり近い位置に

11 〈幻影としての書物〉は、私が本書で導入する第三のタイプの書物である。これは、われわれがある書物について話したり書いたりするときに立ち現われる、あの変わりやすく捉えがたい対象のことである。〈幻影としての書物〉は、読者が自らの〈内なる書物〉を出発点として構築するさまざまな〈遮蔽幕《スクリーン》としての書物〉どうしの出会いの場に出現する。〈遮蔽幕《スクリーン》としての書物〉が〈共有図書館〉に属し、〈内なる書物〉が〈内なる図書館〉に属しているように、〈幻影としての書物〉は〈ヴァーチャル図書館〉に属している。

ある書物をつくり上げることなのである。

漱石は、別の小説『草枕』[12]で、自分の芸術について考えをまとめるために山奥に籠る画家を登場させている。ある日、彼の部屋に入ってきた旅館の娘が、彼が本を読んでいるのを見て、何を読んでいるのかと尋ねる。画家は知らないと答え、本を適当に開いて、目に入ったところを前後に関係なく読むのが自分の流儀だと言う[13]。娘はそれを聞いて驚くが、画家は自分にはそのほうが面白いのだと説明する。「こうして、御《おみ》籤《くじ》を引くように、ぱっと開けて、開いた所を、漫然と読んでるのが面白いんです[14]」娘はそこでどうやって読んでいるか見せてほしいと言い、画家は承諾して、手にしている英語の本を少しずつ訳しながら読んでみせる。それは一組の男女の話だが、この二人についてはヴェニスで船に乗っているということ以外、何も分かっていない。これらの人物は誰なのかと質問する娘に、画家は本を読んでいないから何も知らないと答える。知りたくないとまで言う。

「それでその男と女というのは誰の事なんでしょう」

「誰だか、わたしにも分らないんだ。それだから面白いのですよ。今までの関係なんかどうでもいいでさあ。ただあなたとわたしのように、こう一所にいるところなんで、その場限りで面白味があるでしょう[15]」

書物において大事なものは書物の外側にある。なぜならその大事なものとは書物について語る瞬間であって、書物はそのための口実ないし方便だからである。ある書物について語るということは、その書物の空間よりもその書物についての言説の時間にかかわっている。ここでは真の関係は、二人の登場人物のあいだの関係ではなく、二人の「読者」のあいだの関係である。そして後者の二人は、書物があいまいな対象のままであり、二人の邪魔をしない分、いっそううまくコミュニケートできる。こういう犠牲を払ってはじめて、各人の〈内なる書物〉は、『グラウンドホッグ・デイ』の繰り返される時間においてのように、つかのま互いに結ばれ合うことができるのである。

12 〈流〉◎
13 *Oreiller d'herbes*, trad. René de Ceccatty et Ryôji Nakamura, Rivages, 1987, p. 111〔『草枕』岩波文庫、一九九〇、一一一頁〕。
14 *Ibid.*, p. 113〔同、一一四頁〕。
15 *Ibid.*, p. 114〔同、一一五頁〕。

このように、さまざまな機会に出会う書物のひとつひとつについては、詳しすぎることを言ってその意味を狭めることは慎み、むしろ、その潜在的可能性がいささかも失われないよう、そのポリフォニーを最大限に尊重する方向でそれを迎え入れなければならない。そして、その書物から来るもの――タイトル、断章、正しいあるいは間違った引用――を、ここでのヴェニスで船に乗っている男女のイメージのように、人間どうしのあいだで創造可能なすべての関係へと開かなければならない。

このあいまいさは、精神分析空間における解釈のあいまいさを想起させる。その解釈は、さまざまな意味で解されうるからこそ、それが向けられる主体に受け入れられる可能性があるのである。もし明白すぎるようなら、相手にたいする一種の暴力ととられかねないだろう。そして、この精神分析における解釈と同様、ある書物についての発言も、その発言がなされる瞬間というものに強く依存しており、この瞬間においてしか意味をもたない。

＊

読んでいない書物についての発言が十分な効力を発揮するためには、意識的かつ合理的な思考を括弧に入れることも必要である。この点でもそれは精神分析空間を髣髴させる。われわれが書物と取り結ぶプライベートな関係についてわれわれに言えることが力をもつのは、われわれがそれについてあまり考えず、無意識がわれわれのうちで自己を表現するにまかせるときである。無意識は、言語が開放されたこの特権的な時間において、われわれを書物へ、そして書物をとおしてわれわれ自身へと結びつける秘密の関係を明かしてくれるのである。

このあいまいさは、書物についてはは自分の意見に自信をもち、それを押しつけるべきだというバルザックの教えと矛盾するものではない。むしろこの教えの別の側面だといえる。それは、この言語空間の特殊性と各発言者の個別性を理解したということを示すひとつの方法なのである。もし各人が話題にしているのが一個の〈遮蔽幕《スクリーン》としての書物〉であるのなら、〈演技と遊戯の〉共用空間は破壊しないほうがいい。そしてわれわれの会話に立ち現れる〈幻想としての書物〉についていえば、自分にも他人にも「読まない」可能性、「夢みる」可能性を残しておく方がいいのである。

＊

以上のような事情に鑑みれば、私が先に『薔薇の名前』の文書館を火事から救ったり、ロロ・マーティンズとハリー・ライムの恋人が最後に結ばれるよう図ったり、デイヴィッド・ロッジの不幸な作中人物を自殺に追いやったりすることに決めたとき、私は結局何かをでっち上げたわけではないと言うことも許されよう。それらはたしかに作品に記されている事実ではないが、私がここで取り上げた作品について読者に提案したすべての事実と同様、私にとっては作品の本当らしさのロジックのひとつに呼応するものであり、したがって私の目には作品の本質的な一部なのである。

私にたいして、金縁眼鏡の美学者に向かってするように、読んでいない本の話をしているとか、厳密にいえば書かれていない出来事を盛り込んだと言って非難する向きもあるかもしれない。しかし私は取り上げた作品について嘘をついていると感じたことは一度もない。作品から感じとったものをできるだけ正確に記述しつつ、自分自身に忠実に、またそれらの作品を援用する必要を感じた瞬間と状況に配慮しながら、いつも一種の主観的真実を述べてきたと自分では思っている。

Ⅲ-4 自分自身について語る

オスカー・ワイルドとともに、一冊の本を読むのに適した時間は一〇分であると結論する。これを守らなければ、本との出会いはなによりも自伝を書くための口実であるということを忘れかねないからである。

このように、読んでいない本について語らなければならない場合でも、それをネガティヴにとってはならない。不安に陥ったり、後悔を覚えることはないのである。こうした状況をポジティヴに引き受けるすべを心得ていて、自分の罪悪感の重圧から自由になることができ、自分が身をおく具体的状況とそれが孕む多様な可能性に注意を向けることができる者にとって、この状況は、〈ヴァーチャル図書館〉を出現させ、まぎれもない創造の空間を提供するものである。われわれはこの空間をそのものとして、その豊かな可能性をいささかも損なうことなく迎え入れなければならない。

いずれにしても、以上がこの問題を扱ったオスカー・ワイルドの文章から引き出しうる教訓である。ワイルドの文章はとくに文学批評の言説状況に関するものであるが、彼の指摘は、読んでいない本について語る他の状況、すなわち社交の場や大学での会話の状況にも問題なく適用できると考えられる。

*

まれにみる読書家であり、博識の人だったオスカー・ワイルドは、読まないことを推奨した作家でもあった。読書が教養人にさまざまなリスクを冒させるということを知っていて、ムージルやヴァレリーより前に、読書の危険について注意を呼びかけた勇気ある人物でもあったのである。

ワイルドが未読についての考察に、とくに新たな道を切り拓くことでなした最大の貢献のひとつは、彼が定期的に寄稿していた雑誌『ペル・メル・ガゼット』に書いた「読むべきか読まざるべきか」[1]というタイトルの記事にみえるものである。彼はそこで、良書百点として何を薦めるかというアンケートに答える形で、〈共有図書館〉の書物全体を三つのカテゴリーに分けるよう提案している。

第一のカテゴリーは、読むべき書物のカテゴリーで、ワイルドはそこに入れるべきものとしてキケロの『書簡』、スエトニウス、ヴァザーリの『美術家列伝』[2]、『ベンヴェヌート・チェッリーニ自伝』[3]、ジョン・マンデヴィル、マルコ・ポーロ、サン＝シモンの『回想録』[4]、モムゼン、そしてグロートの『ギリシア史』[5]を挙げている。第二は、これもあってしかるべきカテゴリー、すなわち再読すべき書物のカテゴリーである。ワイルドは、プラトンとキーツをこれに入れるとともに、「詩の領域では、へぼ詩人ではなく大詩人。哲学の領域では、学者《サヴアン》ではなく見者」[6]と付言している。

これら二つは誰もが考えつくようなカテゴリーだが、ワイルドはこれらに加えて第三の、意外なカテゴリーを提案している。すなわち、読むべからざる書物のカテゴリ

1 Oscar Wilde, *Selected Journalism*〈未〉◎), Oxford University Press, 2003, p. 12〔「読むべきか読まざるべきか」『オスカー・ワイルド全集5』西村孝次訳、青土社、一九八八〕。
2 〈未〉○
3 〈未〉○
4 〈流〉◎
5 〈未〉×
6 *Op. cit.*, p. 12〔前掲書、二〇八頁〕。

ーである。ワイルドによれば、読むべからざるものを教えるというのは、大学の公的な使命のひとつにしてもいいくらい重要なことなのである。「この使命は、われわれのこの時代、すなわちあまりにもたくさん読みすぎて感嘆する暇もなく、あまりにもたくさん書きすぎて考える暇もない現代では、焦眉の急なのだ。現代の混沌たる教育課程から「悪書百点」を選び出して、その目録を発表しようとする人は誰でも、本当の永続的な恩恵を若い世代に与えることになるであろう」[7]

残念ながら、ワイルドは学生から遠ざけておくべきこの悪書百点のリストをわれわれに残してはくれなかった。しかし大事なのは、このようなリストよりも、読書というものはいつも有益なプロセスであるわけではなく、場合によっては災いをもたらすものでもありうるというこの考えである。しかもワイルドの他の著作では、この禁書リストは無限に拡張され、百点どころかあらゆる書物が警戒の対象にされているように見受けられる。そこでは読書が真の脅威と見なされているのである。

＊

読書にたいする警戒心を表明したワイルドの著作のうち、もっとも重要なものは「芸術家としての批評家」[8]と題された著作である。二部構成の対話の形で書かれたこの文章には、アーネストとギルバートという二人の人物が登場するが、著者の独創的な意見をはっきりと代弁しているのはギルバートの方だと考えられる。

ギルバートはまず、古代ギリシアのような芸術の最盛期には芸術批評家はいなかったというアーネストの意見に異を唱える。そして、その反証としてアリストテレスの『詩学』のような例を挙げ、ギリシア人にとって創作は芸術に関する一般的考察と切り離せなかったのであり、創作家はすでに批評家の役目を果していたと主張する。

この主張が導入となって、ギルバートは自説を展開するのだが、彼によれば、芸術創造と批評はじつは互いに切り離せない、不可分の活動である。

アーネスト　ギリシア人は、きみの指摘したとおり、芸術批評家の国民だった。それは認めてもいい。でも少し可哀そうな気もする。だって創造力のほうが批評力より高尚な能力だから。比べものにならないくらいね。

7　*Ibid.*〔同、二〇九頁〕。

8　«La critique est un art», in Oscar Wilde, *Œuvres*, trad. Philippe Neel（〈流〉◎）, La Pochothèque, 2000〔「芸術家としての批評家」『オスカー・ワイルド全集4』西村孝次訳、青土社、一九八九〕。

ギルバート　両者を対立させることに確たる根拠はないさ。批評能力なくして芸術作品と呼ぶに足るようなものはありえないからね。きみはさっき、芸術家がわれわれのために人生を表現して、それに瞬間的な完璧さを与える、そのためのすぐれた選定の精神と精妙な選択本能について話したけど、その選定の精神、その明敏な省略の手管こそ、じつは批評能力のもっとも特徴的な情態のひとつなんだ。この批評能力をもたない者は、芸術において何ひとつ創造できない。[9]

このように、ギルバートにとっては、芸術的創造と批評のあいだに区別はなく、またギリシア人の例が示すように、偉大な創造というものはつねにその内に批評を含んでいる。しかも逆もまた真なり。つまり批評も一種の芸術である。

アーネスト　きみは創造精神の本質的な一部分としての批評について語ってくれたわけだが、ぼくも今はすっかりきみの理論を認めるよ。しかし創作と無関係な批評というものはどうなんだ？　ぼくには雑誌を読むという愚かな習慣があるんだが、現代の批評は大抵まるでつまらん気がするね。[10]

ギルバートは、この「つまらない」という非難にたいして批評家を擁護しつつ、批評家のほうが彼らが批評する作品の作者よりはるかに教養があり、批評のほうが創作より無限に多くの教養を必要とすると断言する。最初の非読礼讃が見られるのは、この批評擁護の場面においてにほかならない。

ギルバート　批評家は批評を頼まれた作品を通読していないっていわれることがあるけど、もちろん通読なんかしないよ。少なくともすべきじゃない。そんなことしたら手のつけられない人間嫌いになってしまうだろうからね。〔……〕それにそんなことをする必要もない。ワインの銘柄や品質を知るのに一樽ぜんぶ飲みほす必要はないだろう。ある本に何らかの価値があるかどうかを知るには半時間あればじゅうぶんだ。いや、形式をつかみとる本能がある人間なら、十分もあればじゅうぶんだろう。退屈な本をだれが読み通したいなどと思う？　ちょっと味見してみる、それでじゅうぶんだ。じゅうぶんすぎるくらいだと思うね。[11]

9　*Ibid.*, p. 800〔同、九八―九九頁〕。
10　*Ibid.*, p. 803〔同、一〇二頁〕。
11　*Ibid.*, p. 804〔同、一〇三頁〕。

以上のように、ある本のことを知るには一〇分あればじゅうぶんだ――いや、ギルバートによれば批評家は批評を依頼された作品を読まないのだから、一〇分すら要らない――という主張は、批評家擁護の文脈で現われる。批評家はその教養のおかげで作品の本質をすばやく察知することができるからというのがその理由である。つまり非読は、専門家にのみ「できる」こと、すなわち本質をとらえる特殊な能力の問題だとされているのであって、その意味でここではいくらか副次的かつ派生的に言及されている。ところが、これに続く部分では、それは「すべき」ことでもあり、逆に批評家が批評対象とする本を読むのにあまり時間を費やすことには真のリスクがともなうという意味のことが述べられる。別の言いかたをすれば、本との出会いにおいては時間だけが問題となるわけではないと言われるのである。

*

ワイルドの文章において、芸術と批評の絡み合いについての議論のあとに来るのは、なるほど、よりはっきりとした、読書にたいする紛れもない不信感の表明である。

ギルバートは、批評擁護の延長上で、あるものについて語るのは、それをすることよりも難しいと述べ、まずその例を歴史にとって、古代の英雄の偉業を謳った詩人たちは英雄たち自身よりえらいと説く。行為は「それを生み出す衝動とともに止んでしまう」、それは「事実への卑しい譲歩」であり、「この世は夢みる者のために詩人によって作られたのだ」[12]と説くのである。アーネストが、これにたいして、詩人をそんなに持ち上げたら、その分だけ批評家を低く見ることになるだろうと言い返すと、ギルバートは芸術としての批評という自論に立ちもどって、次のように言う。

批評はそれ自体ひとつの芸術なんだ。そして芸術創作が批評能力のはたらきを含んでいて、それなしではまったく存在しえないのと同じで、批評もじつは言葉の最高の意味において創造的なんだ。批評は結局のところ創造的であると同時に独立的なんだよ。[13]

12 *Ibid.*, p. 809〔同、一〇八頁〕。
13 *Ibid.*, p. 812〔同、一一〇頁〕。

ここで重要なのは「独立的」という観念である。なぜならそれは、批評活動をそれが通常閉じ込められている二次的で屈辱的な役割から解放し、それに真の自律性を付与することで、文学ないし芸術から引き離すものだからである。

そう、独立的なんだ。批評は、詩人や彫刻家の作品と同じく、模倣や類似といった低い基準で判断されるべきじゃない。批評家は、自分の批評する芸術作品にたいして、芸術家が形態や色彩の目に見える世界、もしくは情熱や思想の目に見えない世界にたいするのと同じ関係を占めている。自分の仕事を完璧ならしめるのに最良の材料が要るわけでもない。何でだって間に合わせるんだ[14]。

批評家にコメントされる作品は、したがって、まったくつまらないものであってもかまわない。だからといって批評ができないわけではないのである。というのも、作品は口実にすぎないからだ。

ギュスターヴ・フロベールがルーアン近くの寒村ヨンヴィル＝ラベイのけちな田舎医者の愚かしい妻のうすぎたない感傷的な情事から一篇の古典を書き上げて、

文体の傑作を生むことができたように、真の批評家は、今年、いや毎年きまって王立美術院に出品される絵だの、ルイス・モリス氏の詩だの、オーネ氏の小説だの、ヘンリー・アーサー・ジョーンズ氏の劇だのといったような、ほとんど意味のない主題から、もし自分の考察力をそんなものに向けるか消費する気さえあれば、間然するところなく美しく、精妙な知性に満ちているような評論を生み出すことができる。それでどうして悪いんだ？　鈍重は才気にとってつねに抗しがたい誘惑であり、愚鈍は知恵をその洞穴から呼び出す不変のベスティア・トリオンファンス〔勝ち誇る獣〕なのだ。批評家くらい創造的な芸術家にとって、主題など何の意味がある？　まさに小説家や画家にとってと同様、何の意味もない。批評家もいたるところでモチーフを見つけることができる。それをどう扱うかが大事なんだ。暗示や挑戦を内に含まないようなものはこの世に何ひとつない。[15]

ワイルドが挙げている例のうち、もっとも意味深長なのはおそらくフロベールの例

14　*Ibid.*〔同、一一一頁〕。
15　*Ibid.*〔同〕。

だろう。フロベールは「何についてでもない本」を書くと豪語し、じっさいヨンヴィルの住人を登場人物とする本を書いた。それが『ボヴァリー夫人』[16]である。フロベールはリアリズムの作家だと言われることが多いが、この呼称が示唆するところとは裏腹に、彼にとって文学は、現実世界にたいして自律的で、したがってそれ自身の法則に従うものである。つまり文学は、たとえその背景には現実が残るとしても、現実を気にかけない。文学はおのれの一貫性を自身のうちに見出さなければならないのである。

ワイルドは作品と批評とを結ぶ絆を完全には否定しないが、その絆はモチーフのレベルにとどめられた、かなり緩い絆である。批評テクストの評価はこのモチーフをどう扱うかにかかっているのであって、それにいかに忠実かが問われるわけではない。批評対象のこの副次的性格は、批評を、現実世界を口実としてしか用いない芸術に近づける。それはまた、芸術作品が現実を扱うように芸術作品を扱う批評の優位性の根拠でもある。

こうした見地からいえば、批評というものは、フロベールにとっての小説が現実についての小説ではないのと同様、作品についてなされるものではないといえる。私が本書で問題にしたいと考えたのはまさにこの「ついて」である。それはこれを忘れることにともなう罪悪感を少しでも軽くするためである。一冊の本を読むのに一〇分しか費やさないというのも、この前置詞を決然と遠ざけるためである。批評はこうして自己自身と、すなわちおのれの孤独と向き合うことになる。しかしそれは、幸いにも、自己の創意工夫の能力と向き合うことでもある。

＊

このように、批評家にとって文学ないし芸術は、作家や画家にとって自然がそうであるように、二次的なポジションに置かれる。文学や芸術の役目は、批評の対象となることではなく、批評家に書くことを促すことである。というのも、批評の唯一にして真なる対象は、作品ではなく、自分自身なのである。

批評と読書のワイルド的概念は、なるほど、そこに創造主体を位置づけなければ何も理解できない。創造主体はそこではじつは最前列を占めるのである。

16 〈流〉〈聞〉◎

最高の批評は、個人的な印象のもっとも純粋な形式だから、ある意味で創作よりもっと創作的だとすらいえるかもしれない。どんな外的な対象ともかかわりをもたず、それ自身のうちに自己の存在理由をもつのだからね。それは、ギリシア人ならそう言うだろうが、それ自身において、またそれ自身にとって、ひとつの目的なんだよ。[17]

極端にいえば、批評は、作品ともはや何の関係ももたないとき、理想的な形式にたどり着く。ワイルドのパラドックスは、批評を自己目的的な、支える対象をもたない活動とした点にある。というより、支える対象をラディカルに移動させた点にある。別の言いかたをすれば、批評の対象は作品ではなく――フロベールにはどんなブルジョワ田舎女でもよかったように、どんな作品でも間に合うはずなので――、批評家自身なのである。

いまの作家や芸術家は、自分たちの二流作品についておしゃべりするのが批評家の第一の職能だと考えているらしいが、ぼくには連中のばかげた虚栄心が可笑しくってね。[18]

こうして、制約を課すものでしかない作品と手を切った批評は、結局、主体というものをもっともはっきりと前面に押し出す文学ジャンル、すなわち自伝に近いものとなる。

じつのところ、最高の批評は魂の声にほかならない。それはもっぱら自己だけを対象としているから、歴史よりも魅力的だ。それに主題が具体的であって抽象的でなく、リアルであって曖昧ではないから、哲学より楽しい。それは唯一の洗練された形式の自伝なのだ〔……〕[19]。

批評は魂の声であり、批評の深層における対象はこの魂であって、文学作品ではない。作品はこの探求を支える過渡的な対象であるにすぎない。ヴァレリーの場合と同様、文学作品はワイルドにとってもひとつの障害である。しかしその理由は同じではない。ヴァレリーにとって、作品は偶発的現象でしかなく、それは文学の本質をつか

17 *Op. cit.*, p. 813〔前掲書、一一二頁〕。
18 *Ibid.*, p. 814〔同〕。
19 *Ibid.*〔同〕。

む妨げとなる。一方ワイルドによれば、作品は、批評実践の存在理由そのものである主体からわれわれを遠ざける。ただ、いずれにとっても、よい読みかたというのは、作品から目を背けることである。

*

自分自身について語ること——これがワイルドが見るところの批評活動の究極のねらいである。批評を作品の影響力から守り、このねらいから遠ざからないようにするため、すべてはこの見地からなされねばならない。

こうして、ワイルドの観点からすれば、口実に格下げされた文学作品は（「批評家にとって芸術作品は、彼自身の新しい作品への示唆にすぎず、それは必ずしもそれが批評するものと明白な類似を有するには及ばない」[20]）、気をつけていないと容易に障害に変わってしまう。それは、たんに同時代の作品に見るべきものがほとんどないからではなく——偉大な作品の場合も事情は同じである——、注意を傾けすぎて、批評家自身の関心事を蔑ろにしがちな読書というものは、彼を自分自身から引き離しかねないからである。批評活動の正当性の根拠は批評家自身についての考察にあるのであって、それのみが批評を芸術のレベルに押し上げるのである。

作品と距離をとることは、したがって、ワイルドの読書と文学批評についての考察のライトモチーフである。彼のかの挑発的な言い回しはそこから来ている。「私は批評しないといけない本は読まないことにしている。読んだら影響を受けてしまうからだ[21]」挑発的だが、彼の著作の大部分を言い当てた表現にほかならない。書物というものは、それを読む批評家の思考をつき動かすこともあれば、彼のうちにあるもっとも独創的なものから彼を遠ざけることもある。ワイルドのパラドックスは悪書のみにかかわっているわけではない。良書の場合はなおさら有効である。批評をするために書物のなかに踏み入ることにともなうリスクは、もっとも私的なるものを失うことである。それは建前上は書物じたいのためであるが、そこで犠牲にされるのは批評家自身なのである。

読書のパラドックスは、自分自身に至るためには書物を経由しなければならないが、書物はあくまで通過点でなければならないという点にある。良い読者が実践するのは、さまざまな書物を横断することなのである。良い読者は、書物の各々が自分自身の一

20　*Ibid.*, p. 818〔同、二一七頁〕。
21　Alberto Manguel, *Une histoire de la lecture*〈聞〉◎), Actes Sud, 1998, p. 336 に引用。

部をかかえもっており、もし書物そのものに足を止めてしまわない賢明さをもち合わせていれば、その自分自身に道を開いてくれるということを知っているのだ。われわれがヴァレリーや、ロロ・マーティンズや、私の学生たちの一部といった、じつに多様で、ひらめきに満ちた読者のうちに見たのも、この種の横断にほかならない。彼らは、あいまいな知識しかもたない、あるいはまったく知らない作品の部分的要素をとらえて、もっぱら自己本来の考察に身を投じ、そうして自己を見失わないよう意を用いたのである。

もしわれわれが、本書で分析してきたような多様で複雑な状況において、重要なのは書物についてではなく自分自身について語ること、あるいは書物をつうじて自分自身について語ることであるということを肝に銘じるなら、これらの状況を見る目はかなり変わってくるだろう。なぜなら、いまや重視すべきは、何らかのアクセス可能な与件を出発点とした、作品と自分自身とのさまざまな接触点だということになるからである。その場合、作品のタイトル、〈共有図書館〉における作品の位置、作品を語って聞かせる人間のパーソナリティー、そのときの会話やテクストのやりとりのなかで生み出される雰囲気など、数多くの要素が、ワイルドのいう口実として、作品にさほど拘泥することなく自分自身について語ることを可能にするはずである。

というのも、作品はいずれにしても言説のなかで姿を消し、つかのま現われる幻覚の対象に場所を譲るのである。後者こそは、あらゆる投射を引き寄せ、さまざまな介入に応じて不断に変容してゆく幻影としての作品にほかならない。であってみれば、作品を自己についての探究のようすがと捉え、手にすることのできる数少ない要素から出発して、またそれらの要素がわれわれの親密でかけがえのない部分について教えてくれることに目を配りながら、自分の〈内なる書物〉の断章を書くよう試みるにしくはないのである。耳を傾けるべきは自分自身にたいしてであって、「現実の」書物にではない。後者がときにモチーフとして役立つことがあってもである。そして自分を書くことに専心し、そこから注意を逸らされないよう気をつけなければならない。

このことは、話したり書いたりするコンテクストの各々において、それに適した書物を創造しなければならないということでもある。この創造は、主体の真実に支えられており、その内的世界の延長上に位置づけられるだけになおさら信頼に値する。怖れるべきは、素材とする作品を裏切ることではなく、自分自身を裏切ることなのである。ティヴ族の人々が、自分たちとは表面上まったく異質なシェイクスピアの『ハムレット』について物怖じせずにコメントできたのは、自分たちの父祖伝来の信念が疑問に付されていると強く感じたためである。それで彼らは、自分たちが創り出した

〈幻影としての書物〉につかのま生命を吹き込むことができたのである。

＊

このように、読んでいない本についての言説は、自伝に似て、自己弁護を目的とする個人的発言の域を超えて、このチャンスを活かすすべを心得ている者には、自己発見のための特権的空間を提供する。この言説状況において、現実世界を指示するという制約から解き放たれた言語は、書物を横断する過程で、通常われわれが摑まえられないものについて語る手段を見つけることができる。

それだけではない。読んでいない本についての言説は、この自己発見の可能性をも超えて、われわれを創造的プロセスのただなかに置く。われわれをこのプロセスの本源に立ち返らせるのである。というのも、この言説は、それを実践する者に自己と書物が袂を分かつ最初の瞬間を経験させることによって、創造主体の誕生に立ち会わせるからである。そこでは読者は、他人の言葉の重圧からついに解放されて、自己のうちに独自のテクストを創出する力を見出す。こうして彼はみずから作家となるのである。

結び

本書で見てきたすべての難しい状況の分析から分かったことは、それらに対処できるよう準備するには心理的な方向転換を受け入れるほかないということである。ここでいう方向転換とは、冷静でいられる方法を学ぶといったことに尽きるわけではない。それは書物とわれわれの関係を根本から変えるということをも含んでいる。

この方向転換はまず、われわれがいだく書物のイメージに重くのしかかる、ほとんどの場合無意識の、一連の禁忌から自由になるということを意味している。これらの禁忌のせいで、われわれは書物というものを、学校時代以来、触れてはならない〔神聖な〕ものとして思い描いており、書物に何か変更を加えるとすぐに罪悪感をいだくのである。

こうした禁忌を取り払うことなしには、文学テクストというこの無限に変化する対象に耳を傾けることはできない。文学テクストは、会話や書きものによる意見交換の本質的な一部であり、読者ひとりひとりの主観性と彼の他人との対話から生命を得ているのである。これに耳を傾けるためには、こうした状況にあって文学テクストが秘めることになる潜在的可能性のすべてに敏感になれるよう、特別の感受性を磨かなければならない。

一方、この事前の準備なしには、自分自身に耳を傾けることもできない。われわれの過去に深く根ざし、われわれを各々の作品に結びつける、内奥の響きを聴くことができないのである。読んでいない本とのこの出会いがわれわれを豊かにするのは――そしてそれを他人と共有できるのは――、まさにそれを経験する者がそのインスピレーションを自分自身のもっとも深いところから汲み上げるからにほかならない。テクストと自分自身に耳を傾けるというこの行為は、精神分析に期待してしかるべき行為を想起させる。精神分析の第一の務めは、それに身を委ねる者をその内的束縛から解放し、そのことをつうじて、彼だけが鍵を握るある行程の果てに、彼がもつすべての創造可能性へと彼を送り出すことだからである。

＊

みずから創作者になること――本書で私が一連の例を引きながら確認してきたことが全体としてわれわれを導く先は、この企てにほかならない。これは、内なる歩みによってあらゆる罪の意識から自由になった者がアクセスできる企てである。

というのも、読んでいない本について語ることはまぎれもない創造の活動なのである。目立たないかもしれないが、これより社会的認知度の高い活動と同じくらい立派な活動なのだ。人々はこれまで、伝統的な芸術実践に注意を向けるあまり、それより評価の低い実践をなおざりにしてきた。こうした実践は当然ながらいわば秘密裡になされるからである。

しかし、読んでいない本について語ることが正真正銘の創造活動であり、そこでは他の諸芸術の場合と同じレベルの対応が要求されるということは明らかである。そのことを納得するためには、そこで動員されるさまざまな能力、つまり作品に潜在する諸々の可能性に耳を傾けたり、作品が置かれる新たなコンテクストを分析したり、他人とその反応に注意を払ったり、さらには人の心をとらえる物語を語ったりする能力のすべてに思いを馳せれば十分だろう。

この〈創作者になること〉は、読んでいない本について語る言説だけに関係しているのではない。より高いレベルでは、創造そのものが、その対象が何であろうと、書物から一定の距離をとることを要求する。というのも、ワイルドが示しているように、読書と創造とのあいだには一種の二律背反が見られるのであって、あらゆる読者には、他人の本に没頭するあまり、自身の個人的宇宙から遠ざかるという危険があるのだ。読んでいない本についてのコメントが一種の創造であるとしたら、逆に創造も、書物にあまり拘泥しないということを前提としているのである。

みずから個人的作品の創作者になることは、したがって、読んでいない本についていかに語るかを学ぶことの論理的な、また望ましい帰結としてあるといえる。この創造は、自己の征服と教養の重圧からの解放に向けて踏み出されたさらなる一歩である。教養というものはしばしば、それを制御するすべを学んでいない者にとって、存在することを、したがってまた作品に生命を与えることを妨げるものなのである。

＊

読んでいない本について語る方法を学ぶということが、創造の諸条件との出会いの最初の形であるとするなら、教育に従事するすべての者にはこの実践の意義を説く責任があるということになろう。彼ら以上にそれを伝達するのにふさわしい人間はいないからである。

学生たちは学校で本の読みかたや本について語る方法は教わっているが、読んでいない本について語る方法を教えることは学校のプログラムには奇妙にも欠けている。ある本について語るためにはそれを読んでいなければならないという公準が疑問に付されたことは一度もないようである。したがって、彼らが、試験で自分の「知らない」本について質問されてうろたえ、それに答えるための材料を自分自身のなかに見出すことができないとしても、何の不思議もないのである。

つまり、教育が書物を脱神聖化するという教育本来の役割を十分果さないので、学生たちは自分の本を書く権利が自分たちにあるとは思わないのである。あまりに多くの学生が、書物に払うべきとされる敬意と、書物は改変してはならないという禁止によって身動きをとれなくされ、本を丸暗記させられたり、本に「何が書いてあるか」を言わされたりすることで、自分がもっている逃避の能力を失い、想像力がもっとも必要とされる場面で想像力に訴えることを自らに禁じている。

本は読書のたびに再創造されるということを学生に教えることは、数多くの困難な状況から首尾よく、また有益なしかたで脱する方法を彼らに教えることである。というのも、自分の知らないことについて巧みに語るすべを心得ているということは、書物の世界を超えて活かされうることだからである。言説をその対象から切り離し、自分自身について語るという、多くの作家たちが例を示してくれた能力を発揮できる者には、教養の総体が開かれているのである。

わけてももっとも重要なもの、すなわち創造の世界が開かれている。われわれが学生たちにできる贈り物として、創造の、つまり自己創造のさまざまな技術にたいする感受性を養うことほど素晴らしい贈り物があるだろうか。あらゆる教育は、それを受ける者を助け、彼らが作品にたいして十分な距離をとり、みずから作家や芸術家になることができるよう導くべきだろう。

＊

私自身も、本書で挙げたすべての理由から、世間の批評家たちに道を逸らされることなく、着実に、また平常心をもって、読んだことのない本について語りつづけてゆきたいと思う。

もしそうすることをやめて、多くの受動的読者に合流するようなことにでもなれば、私は自分自身を裏切ったという思いを禁じえないだろう。それは私の出自にたいする、そして創造へといたる私の読書経験にたいする不実であるからだ。それはまた、人々が教養というものにたいする恐怖に打ち克ち、そこからあえて身を引き離してものを書きはじめるよう助言するという、私がこんにち自分の使命と心得ていることへの裏切りでもあるだろう。

訳者あとがき

本書は Pierre Bayard, *Comment parler des livres que l'on n'a pas lus?*, Paris, Éditions de Minuit, 2007 の全訳である。原書は二〇〇七年一月にフランスで刊行されてすぐに大きな反響を呼び、たちまちベストセラーとなって、『ル・モンド』、『リベラシオン』、『リール *Lire*』をはじめとする多くの新聞・雑誌で取り上げられた。同時に、著者のピエール・バイヤールはいくつものテレビ・ラジオ番組に呼ばれ、この出たばかりの自著について語っている。外国での評判も上々で、早くも同年九月にはドイツ語訳が、また十月には英訳が刊行されて、いずれもベストセラーとなっている。バイヤールは、同年十一月十七日にニューヨーク公共図書館に招かれ、本書をめぐってウンベルト・エーコと対談しているが、この一事からもこの本への国際的な注目度の高さがうかがわれよう。ちなみに英訳書（*How to Talk About Books You Haven't Read*）は『ニューヨーク・タイムズ』の「サンデー・ブック・レヴュー」が選んだ二〇〇七年のベスト百冊にフランス人の本としては唯一挙げられている。二〇〇八年夏現在、本書は約十五カ国語に訳され、さらに約十五カ国語で翻訳が進行中だという。

＊

読んだことのない本について意見を求められて、あっさり「読んでいない」とはなかなか言えないものだ。ましてやそれがベーシックな教養書、古典作品、ベストセラー、話題の新刊書といった、読んでいて当然だと思われている本であればなおさらである。プライドから、あるいは職業上の理由から（とくに大学教師、評論家、ライター、出版関係者などの場合）、人はしばしば読んでいるふりをしようとして、自らを窮地に追い込む。あいまいな言葉でごまかそうとしては、嘘がばれないかと冷や汗をかく。

この種の本は、「読んでいて当然」だと思われていればこそ、逆に読んでいないことは恥ずべきことだとされる。そこから見栄や虚勢も生まれるわけだが、これにたいしてピエール・バイヤールは「読まなくてもいいのだ」、「本は読んでいなくてもコメントできる」と説く。「読んでいることがかえって障害となることもある」とまで言う。これはむろん大いなるパラドックスである（バイヤールの愛読者なら「パラドックスの名手」たる著者の面目躍如だというかもしれない）。これを救いの言葉ととる向きも、ジョークか暴論として片づける向きもあるだろうが、この大胆不敵なテーゼとそれを支える議論がそもそもどのような社会通念（ドクサ）に対置されているかをまずは見てとるべきである。

学者や研究者（とくに文系の）にとって書物は「聖域」である。文献を精読することは彼らにとって不可欠の、基本的営為である。そこでは「どれだけ読んでいるか」が知識の量の目安とも、業績の質の裏づけとも見なされる。本を読まない学者というのは定義上存在しない。学者の卵たる学生への指導もまずは「何を読むべきか」、「いかに読むべきか」をめぐってなされる。学者を紹介する写真がしばしば壁一面にぎっしりと並べられた厳《いかめ》しい書物を背景として撮った写真であるのは偶然ではない。周知のように、書物こそは学者と学問のエンブレムである。

この書物至上主義は、当然ながら、ある書物観、ないし読書観をともなっている。それによれば、書物というものは、というよりその本質をなす理念的なテクストというものは、客観的に同定できる不動の対象であり、また勝手な改変が許されない不可侵の対象である（この不動性、不可侵性への盲目の信頼が書物フェティシズムを生むのではないかと思われる）。そして理想的な読書というものは、書物をうやうやしく繙き、できるかぎり主観を排し、心を空にして、書物の「メッセージ」を遺漏なく吸収するというものでなければならない。もちろん、書物について論じるという次なるステップは、こうした読書プロトコルの遵守のうえではじめて可能だとされる。ちゃんと読んでいなければ、まっとうなコメントはできない——これは学者のみならず、すべての本読みの常識である。

これらの理念はなるほど学者や研究者だけに関係しているわけではない。これらは「知性」や「教養」といった概念を根本において支える書物観、読書観、コメント観として、学校教育等をつうじて伝播され、ひろく社会に共有されている(「読書感想文」や大学のレポートから新聞・雑誌の書評にいたるまで、本について書いたり読んだりする機会はけっして少なくない)。そもそも書物の言語は万人にとって知的言語のモデルである。初等教育から高等教育に進むにつれて、教師はますます学生の目を見ずに話すようになるが(彼らはたいてい中空か天井を見て話す)、それは理由のないことではない。彼らは教壇で、身体性を離れた、純粋なメッセージとしてのこの書物の言語を口頭で真似ようとしているのである。

書物至上主義はつねに形骸化の危険を孕んでいる。書物があるところには必然的に学問があるという転倒した考えを生みかねないからである。ところが読まれない書物はゴミ同然である。重いぶんふつうのゴミよりたちが悪い。書物至上主義はまた容易にある種の権威主義と結びつく。学者はしばしば大作家や大思想家の名前を借りて自らの空疎な学説に重々しい体裁を付与しようとする。さらには大作家の著作を盾に、あるいはそれを砦として、専門家としての自己を正当化しようとする。逆にいえば、それを「読んでいない」者、軽んじる者を容赦なく専門の世界から排除しようとする。『ハムレット』を読んでいないとうっかり口外したために終身在職権《テニュア》をもらえなかったハワード・リングボーム（デイヴィッド・ロッジの『交換教授』に出てくる英文教師）の話は実話であってもおかしくないのである。より一般的にいって、〈教養〉や〈学歴〉というものがもつ権威主義的側面は誰も否定しないところだろうが、その支柱のひとつがこの書物至上主義である。

このこととも無縁ではないが、書物至上主義はさらにある種の自由にたいして抑圧的に働くこともある。バイヤール流にいえば、自己表現の自由、ひいては創造の自由にたいする抑圧である。本書では何度も「書物内容のディテールに迷い込んで自分を見失う」という現象が語られ、書物にたいして一定の距離をとる必要が説かれているが、こうした現象にはたしかに見覚えがある。たとえば、文献の読解に熱心なあまり、他人の言説に足許を掬われ、自身なにが主張したいのかよく分からないというような学生の論文は少なくない（学生の論文だけではないという向きもあろう）。書物はさまざまな意味で「重い」。それは人に身動きをとれなくさせる重さである。

私も大学に勤める身なので、一大学の一部局ですら何十万冊という書物をかかえ、さらに毎年何千冊という書物を購入しているということを知っている。最近、辞典類や学術雑誌の電子化は急速に進んだが、紙媒体の書物がなくなる気配はいまのところない。この調子で蔵書が増えつづければ多くの大学図書館が早晩パンク状態になるだろうともよくいわれる。しかし気になるのは、スペースの問題である以上に、これら無数の書物をいったい誰が読むのかということである（私はシュトゥム将軍の驚愕にも、ヴァレリーの慨嘆にも大いに共感を覚える者である）。私自身、自分が持っている本の三分の一も読んでいない。いや五分の一かもしれない。私は熱心な読書家ではないので基準にはならないが、それにしても同業者の多くが毎年購入する図書の量は半端ではない。正直いって無茶である。各種研究費の消化という裏事情があることもたしかだが、三百歳まで生きられるとでも思ってるのとツッコミのひとつも入れたくなる。

バイヤールがいうように、人が「本当のところ」どの程度本を読んでいるかはよく分からない。本の読みかたにもいろいろあるとなればなおさらである。バイヤールがいみじくも指摘しているように、この種の質問をすることは、どのくらいの頻度でセックスしてるの？　貯金はいくらあるの？　などと訊くのと同様、タブーであるらしい。少なくとも確かなのは、多くの本読みが（ひょっとしたら本の虫であればあるほど）十分に読んでいないという意識を一種のやましさとしてかかえているということである。しかも存在する本をすべて読むことは不可能だから、このやましさには「構造上」出口はないということになる。私も日頃から、どんどん積み上げられてゆく新刊書や必読文献を尻目に、あれも読まなければ、これも読まなければと思っている。ほとんど強迫観念である。この思いは死ぬまで続くのだろうと、そして多くの本が結局は読まれないまま残るのだろうと、最近遅ればせながらうすうす気づくようになった（自分の読書能力にたいする過信――というより過信と不信のあいだの揺れ――もまたひとつの徴候である）。そろそろ「ゴミ処理」を考えなければと思うようにもなった。本書の目的のひとつは、こうした「読書コンプレックス」からわれわれを解放することである。

*

バイヤールはプルーストを「まともに」読んでいない（らしい）フランスの大学教

師の例を挙げているが、この例は象徴的である。これを知って耳が痛いと感じる同業者は少なくないだろう。それでも彼らは見たところふつうに講義をこなし、ときには（おそらく内心びくびくしながら）プルーストにも言及する。一方、学生はというと、彼らは、バイヤールによれば、教師よりも臆することなく未読書について発言する（私が相手にする学生たちはもっと控え目だが）。「読んでいない本について語る」ことはじつは日常的に実践されているのである。ことは教師や学生に限らない。われわれは日頃から本を読まないですませている。読んだつもりになったり、読んだふりをしたりもしている。このことは何を意味しているのか。

バイヤールによれば、ふつう「読んでいない」と見なされる状態も、じつは何らかの意味で既読の一状態である。「読んだ」にいろいろあるように、「読んでいない」にもいろいろある。よく考えれば、完読状態の方がまれかもしれない（そもそも「完読」とはどんな状態をいうのだろうか。ラーメンの「完食」は分かりやすいが、本の「完読」は何を目安にするのだろうか）。流し読みや飛ばし読みはもちろん、タイトルや著者名を目にしたとたん、すでに読書は始まっている。いや、しかじかの本をまったく目にしていなくても、他の書物、新聞・雑誌、テレビやラジオ、電車の中吊り広告、インターネット、他人との会話等をつうじてその本の情報は飛び込んでくる。これも読書の端緒である。先の「理想的読書」にはほど遠いが、現実の読書の一端であるにはちがいない。

思えば読書とは、あやうい、とらえどころのない行為である。文字を目で追ってもひとつも頭に入らないこともあれば、一字一句が魂をゆさぶることもある。昔読んで感動した本が、再読して同じ本かと疑うほど興味を引かないことがある。本についての記憶もまたあやふやだ。モンテーニュならずとも、一冊読むたびにわれわれのなかで知識がひとつひとつ積木を積むように築き上げられ、果ては大伽藍を形づくるなどとはとうてい思えない。本の記憶は穴だらけである。本の骨子は忘れて、奇妙なディテールだけが記憶に残っているということもある。本の赤いカバーだけを覚えているということもある。それに、各人が勝手な読みかたをするのだから、二人寄って同じ本を話題にしたところで、それが「耳の聞こえない者どうしの対話」になるのも無理はない。それでもいちおうは対話が成り立つのだから不思議といえば不思議である(バイヤールなら、そもそも人間のコミュニケーションとはそんなものだと言うことだろう)。

読書というものはいかに読者側の事情に左右される主観的なものであるかということだが、バイヤールはこれを否定的にとらえるのではなく、逆にそれこそが読書の真実であるとして、読書行為における読者の能動的役割を積極的に肯定する。これはじつは、少なくとも『嘘つきのパラドックス――ラクロ論』（一九九三）以来の彼の著作に一貫してみられる（また近年ますます顕著にみられるようになった）姿勢である。彼はそこからラディカルな戦略に出る。みずからプルーストやアガサ・クリスティーやシェイクスピアの読み手として、「越権行為」の誇りをものともせず、対象テクストの書きかえや補筆も辞さないのである。たとえば『アクロイドを殺したのはだれか*』（一九九八）では、小説中の「書かれていない」部分まで補って、ポワロ探偵顔負けの独自の推理を展開する（この著作は、のちの『ハムレット事件を捜査する――耳の聞こえない者どうしの対話』（二〇〇二）と最新著の『バスカーヴィル家の犬事件**』（二〇〇八）とともに、彼のなかで「推理批評《クリティック・ポリシエール》」という新たな批評ジャンルを生むきっかけとなった）。このように、バイヤールは受動的ではなく能動的な読解、ひいては創造的な読解を推奨するのだが、そこでいわれている「創造」の内実は、読解対象である作品を書き足し、書き継ぐこの行為にほかならない。本書でも「創造」はキーワードのひとつであり、それは「読んでいない本について語る」行為がめざすべきゴールとしてむしろ「自分自身について語ること」すなわち自伝的エクリチュールに結びつけられているが、それが今述べたような批評の方法論の延長上にあるということは知っておいていいだろう。

ピエール・バイヤールの数ある著作については、『アクロイド』の邦訳の「訳者あとがき」で紹介したので、そちらを参照していただくとして、そこで言及できなかった（また本書でも何度か触れられている）『ハムレット事件』について一言だけいっておくと、この著作で、ハムレットの父親の殺害に関する「真相究明」に先立って強調されているのも、この「補完行為」としての批評の役割である。ただ、こうした作品世界の補完は、誰もが読書行為をつうじて行なっていることでもある。というのも作品は「断片的世界」しか提供してくれないからだ。この断片的世界のまわりには、書かれなかった、そして書かれえたであろうヴァーチャルな世界が無際限に広がっている。この潜在的世界を補うのは読者ひとりひとりの想像力にほかならないが、批評家もまたそれぞれのヴィジョンにしたがってそれを顕在化させる。

読解というものが主観的で不安定である根本的理由はそこにあるということだが、バイヤールが力説するもうひとつのポイントは、この読みの不安定、可変性は、作品

＊　邦訳『アクロイドを殺したのはだれか』大浦康介訳、筑摩書房、二〇〇一年。

＊＊　邦訳『シャーロック・ホームズの誤謬――『バスカヴィル家の犬』再考』平岡敦訳、東京創元社、二〇一一。

テクストそのものの不安定、可変性とパラレルだということである。『ハムレット』の例はこの点できわめて示唆的である。この英文学の古典をめぐってなされてきた厖大な数の解釈は(フロイトをはじめとする精神分析ないし心理学の専門家の解釈も含めて)、まさに副題の「耳の聞こえない者どうしの対話」を髣髴させる。それは同じひとつのテクストを対象にしているとは思えないほどバラバラなのである。まるで解釈の数だけテクストがあるかのような塩梅なのだ。こうしてテクストそのもののアイデンティティーの問題が提起される。それはつまるところ「テクストはどこにあるか」という問題である。

本書にもどろう。バイヤールが本書でいう「書物」とはもちろん紙とインクからなる物理的対象ではない。物理的書物はたしかに存在するが、それは、先述したように、読むという行為によって活性化されないかぎりゴミ同然である(再生紙に生まれ変わる可能性もあるのかもしれないが)。バイヤールのいう書物とは、非物質的な、意味の集合体にほかならない。であればこそ固定することのむずかしい、不断に変化しかねない代物なのである。この意味での書物は半ばわれわれの内にすでに書かれてある。バイヤールの主張は大ざっぱにいえばそういうことである。だから、ティヴ族が『ハムレット』について平気でコメントしたように、本は読んでいなくても語ることができるのである。もちろん「触媒」は必要である。それがティヴ族にとってはローラ・ボハナンが語って聞かせてくれる遠い外国の王家の物語である。日本のサラリーマンにとっては電車の中吊り広告に載っている新刊書のタイトルかもしれない。「『中年の品格』？ まったく、何匹目のドジョウを狙ってるのか知らないけどさあ、こういうタイトルを平気でつけるやつこそ品格がないってんだよ」などと彼らは、酒臭い息を吐きながら、一行も読まずして怪気炎を上げるのかもしれない。いずれにしても、本がわれわれの内部にすでに書かれてあるのだとしたら、それを「読んで」いなくても何も臆することはないはずである。自信をもって語っていいのだ。

　別の言いかたもできる。書物は、物理的書物とそれを読む者とのあいだにある。あるいは、本書により即した言いかたをすれば、書物は、それを話題にする者たちのあいだにある。書物は「出会い」の産物なのである。だから、バルザックの例に見られるように、書物について語る者どうしの力関係までが書物のイメージや評価に反映されるのである。このことは、書物が、読者ひとりひとりの内面の憧憬や不安を宿す（狂気すら秘めた）個人的存在であると同時に、すぐれて社会的存在でもあるということを意味している（先述した「権威主義」もこのことと無縁ではない）。〈読む〉から〈語る〉へと移行するにつれてこの社会的性格は強まるともいえるだろう。

書物から見えるこの社会とはどのような社会なのだろうか。バイヤールはそれを「演技」や「遊戯」の空間だという。ありていにいえば、みんなが「読んでいるふり」をしつつ、それを暗黙のうちに容認し合い、そのおかげで円滑に機能しているような、フィクショナルな空間だということだ。そこでは書物についての知識のあいまいさが尊重される。それを明確化することはさまざまな意味で原理的に不可能だからである。「ほんとうに」読んでいるのか、「ほんとうは」読んでいないのか、などと問うてはならない。漱石の『猫』を論じた章でもいわれているように、こと読書に関するかぎり、真偽についての問いは有効性をもたないからである。それを問うたとたん、ゲームの規則は破られ、この空間に亀裂が走って、そこからある種の「暴力」が顔をのぞかせるのである。ハワード・リングボームが受けた制裁はその一例にすぎない。

暴力性を秘めているとはいえ、ここで提示されているのは非常にゆるやかな社会のヴィジョンである。勝手に敷衍していえば、勘違いや物忘れが許される「いいかげん」な社会のヴィジョンである。そしてこのヴィジョンには人をほっとさせるものがある。本書がわれわれを解放してくれるとしたら、それは、深層においては、「読書コンプレックス」からである以上に、堅苦しく、気づまりな社会観からであるのかもしれない。

＊

以上は、大きくいって、本書の（1）「脱神話」的（あるいは「偶像破壊」的）側面と（2）ポジティヴな読書論であるテクスト理論である。これらが教養論としての広がりをもつ議論であることはあえて念を押すまでもないだろう。これ以外にも、精神分析の専門家としてのバイヤールは、モンテーニュの章に見られるように、読者主体における人格の多重化や自己同一性の危機といった心的現象にも着目している。私は先に、互いに共振関係にある読書行為と対象テクストの不安定について語ったが、読者主体の不安定はこれに加えられるべき第三項だと考えられる。その重要性は論をまたないが、ここではこの問題には立ち入らない。以下で取り上げたいのはむしろ、本書の（3）「ハウツーもの」的（あるいはマニュアル的）側面である。これは本書のいわば表看板であり（本書の原題は直訳すれば「読んでいない本についていかに語るか」である）、（2）の理論はそれを支える屋台骨だとひとまずは言うことができる。

バイヤールは、本書第一部で「読んでいない」にはどんな段階があるのかを、また第二部で未読書について語るという状況にはどんなものがあるのかを説明したあと、最後に第三部でこれらの「窮境」への対処法を伝授する。未読書について語るための

「実用的」アドバイスを授けるのである。ちなみに三部はいずれも四章からなり、各章には一人の作家の作品からとったエピソードを配するという、シンメトリーを意識した、きわめて整然とした構成である。

「ハウツーもの」といえば、バイヤールの著作では、『アクロイド』の直後に出版された『失敗作をいかに改良するか』(二〇〇〇)が思い出される。デュ・ベレーからデュラスにいたる古今のフランス人作家十三人の「失敗作」を取り上げ、これらがいかに改良できるかを実践的に、「模範解答」付きで示してみせた野心作である。もちろん、「思い上がり」とも受け取られかねないこのデモンストレーションを大真面目にとるべきではない。こうした作業をつうじて見えてくる作家の創作メカニズムや、人は何をもって作品を成功あるいは失敗と判断するのかという批評の基準を明らかにすることこそがこの著作の主眼だと考えるべきだろう。とはいえ、一種の文体パフォーマンスであるこの実践部分には、理論的探究の部分にはない重要な要素が見られる。それは一言でいえば演技とユーモアである。これに似たようなことはおそらく本書についてもいえる。

『失敗作』に比べて、本書の応用可能性ははるかに高い。本書をたとえば「見ていない映画についていかに語るか」に読みかえても、さほど不都合はないだろう。映画通なら、任意の作品の監督名やジャンルを知っただけで、それをあまたの映画作品のうちに「位置づける」ことができるだろうし、「気後れしない」、「自分の考えを押しつける」、「映画をでっち上げる」、「自分自身について語る」という四つのアドバイスは、この場合にも立派に通用するはずである。映画が芝居であっても、テレビ番組であっても大過はないだろう。

私は、本書を翻訳するにあたり、「本は読まないでも語れる」のなら、同じように「本は読まないでも翻訳できる」のではないかと考えた。これはラッキーだ。著者のことはよく知っているし、本書の噂もいろいろなところで聞いている……。この考えが浅はかであることに気づくのに時間はかからなかったが、しかし本書には翻訳論として読める部分がないわけではない。翻訳者は、原文にあまりに密着したままでいては、こなれた訳はできない。下訳はともかく、最終的な訳語の選択や訳文の練り上げにあたっては、原文から一定の距離をとり、訳文内部のレトリックとロジックに目を向けることが肝要である。そしてそれは、翻訳先の言語（日本語なら日本語）のレトリックとロジックであると同時に、翻訳者自身のレトリックとロジックでもある。翻訳者もまた、ある程度は「自分自身について語る」のである。

このこととも関連していることだが、本書はまた、より基本的に、読むことと書くことの関係について有益な示唆を与えてくれる。それは簡単にいえば「読まないほうが書ける」ということである。バイヤールはこれら二つの行為の「二律背反」について語っているが、なるほど、「読んでいると書けない」あるいは「書いていると読めない」というのは、なんらかの文献にもとづいて物を書こうとする者がしばしば抱く実感である。まるで両者が別々の知的能力ないし心的態度を必要とする行為であるかのように、一方から他方への切りかえは容易ではない。しかし、書けない原因が「読みすぎる」(読んでいる書物にとらわれすぎる)ことにあるのだとしたら、本書のアドバイスは大いに役立つはずである。

しかし本書にはどこか過剰なところがある。それは挑発とユーモアの入り混じった、意図された過剰である。たとえばバイヤールは本書で二種類の略号を用いている。それは、彼が本書で言及するすべての書物について、(A)それらを彼自身がどの程度読んでいるか、また(B)それらにたいしてどんな評価を下しているかを脚注で明示するための略号である。しかし(A)には「ちゃんと」読んだ本のカテゴリーはない。完読状態というのは原理的にありえないし、「読んだ」本と流し読みをした本のあいだに大した違いはないと考えるバイヤールにしてみれば、これは当然の措置なのかもしれないが、しかしここまでシステム化されるとさすがに「やりすぎ」の感は否めない。しかも略号の適用対象は、バイヤール自身の著作にも、果ては小説のなかに出てくる、現実には存在しない作品にも及んでいるのである（『アクロイド』も『ハムレット事件』も「読んだが忘れてしまった本」に分類されている。『第三の男』に登場する作家バック・デクスター（ロロ・マーティンズの筆名）の小説『サンタフェの孤独な騎手』や、『幻滅』の主人公リュシアンの『ひなぎく』など、この種の作品はすべて――当然ながら？――「ぜんぜん読んだことのない本」である）。（B）では四段階の評価が下されているが、評価対象には読んでいないはずの本も、（A）の場合のように自著や架空の本も含まれている。たしかに本は読んでいなくても評価できるというのはバイヤールの持論であるが、架空の本にまで細かい段階評価が下されているのである、首をかしげる読者もいることだろう（そこまで細かく読む読者がいればの話だが）。

これにももちろん根拠がないわけではない。くだくだしい説明は控えるが、そもそも書かれたテクストの周りに無辺のヴァーチャルなテクスト空間を見るバイヤールにとって、現実の書物と架空の書物のあいだに確たる区別はないのである。現実の作家と虚構に登場する作家のあいだにもはっきりとした区別はない。彼がヴァレリーや、モンテーニュや、ロロ・マーティンズや、「金縁眼鏡の美学者」を同列に語るのはそのためだ。しかしである。

バイヤールはここで自身ある人物を演じているのである（ここまで説明するのは野暮というものだが、こうした事情は翻訳では伝わりにくいと思われるので、野暮を承知で説明する。ただこれが私個人の解釈であることはいうまでもない）。バイヤールは自らの理論を身をもって実践しているのだ。そして演技に誇張や自虐はつきものである。彼が演じる人物はところによって微妙に異なるが、それはおおむね「ダメ読者」あるいは「バイヤール理論を滑稽なほど生真面目に実践する者」である。この人物は生真面目なあまり自家撞着に陥ったりもする。たとえば先の略号表示は、もともと「どれだけ読んでいるか」ではなく「どれだけ読んでいないか」を示すためなのだが、であるにしても、それを明示することじたいは、じつは読書についてのあいまいさを尊重するというバイヤールの基本理念に抵触するものである。この「矛盾」は、そこに演技を想定することではじめて止揚される。

バイヤールが演じているという事実は、じつは本書に潜むちょっとした「仕掛け」が証明してくれるところである。私ははじめこの「仕掛け」の存在に気がつかなかった。

本書で言及されているさまざまな作品の原典や邦訳に当たっていて分かったことだ

が、バイヤールの作品紹介にはいくつか不正確な点がある。『第三の男』の末尾でマーティンズは「アンナと連れ立ってウィーンをあとにする」わけではないし（その予兆はなくはないが）、『薔薇の名前』の最終段の大火事のシーンで「修道僧たちはやっとのことで文書館を焼失から救う」というのもちょっと違う（僧院全体が瓦礫と化す）。また『交換教授』のハワード・リングボームが自殺するとは小説のどこにも書かれていない。どれも些細な点ではあるが、これはバイヤールに知らせてあげなければと、この「発見」にいささか得意になっていた矢先、本書第三部第三章の末尾まで読み進めるにいたって、それらが意図的な「まちがい」であることを明かす文章に出くわした（二四五―二四六頁）。私は唸らざるをえなかった。バイヤールは、それらの箇所で、本は読者の欲望や不安に応じて記憶のなかで書き換えられるということを身をもって例示していたのである。「まちがったふり」をしていたのだ。先述した「可謬主義」を地でいったのだともいえる。そのうえ、私のような無粋な読者のために種明かしまでしてくれたということになる（もちろん議論の最終的な落としどころは、これらを「まちがい」とは言えないということである）。演ずる者は大真面目を装うが、それをこちらが同じく大真面目に受け取っては「ふり」は成立しない——初歩的なことだが、本書のおかげでこのことをあらためて思い知った次第である。

＊

翻訳の作業についてひとこと。今回は数箇所で思い切って意訳するなど、『アクロイド』のとき以上に自由に訳させてもらった。すべて「読みやすい」日本語にするためで、原意には背いていないつもりだが、勘違いもあるかもしれない。読者諸氏のご批判を仰げれば幸いである。

本書の翻訳は筑摩書房の岩川哲司さんの勧めで実現したものである。本づくりのすべての過程でお世話になったことも含めて、岩川さんに心よりの謝辞を捧げたい。

この本は売れるだろう。いや売れるにちがいない。ただ気がかりなことがひとつだけある。「本を読まないですませる」方法を説く本書が売れるということは、その売上げに比例して他の本が売れなくなるということである。いや、ひょっとしたら、この本だって「読まずにすませる」輩が出てくるかもしれない。ピエール・バイヤールは結局自分で自分の首を締めていることにならないか。これはピエールに早く知らせてあげなければ……。

二〇〇八年十月

大浦康介

文庫版訳者あとがき

このたび『読んでいない本について堂々と語る方法』の文庫版が出ることになった。ありがたいことである。こうした西洋由来の、しかも文学に多少ともかかわる理論書が版を重ね、文庫化までされることが何よりありがたい。このご時世、あまりないことだと思うからである。私は単行本の「訳者あとがき」の最後に「この本は売れるだろう」と、いくらか冗談めかして（また軽い挑発を込めて）書いたが、そのとおりになった。読者がそれに踊らされたとはもちろん思わない。この本のなかに読者をくすぐるものがあったのである。以下では、本書がなぜ「受けた」のかを私なりに少し考えてみたい。

理由はいくつかあるように思われる。ひとつには、この本が誰もが参加できる議論のフォーラムを開いたことが挙げられるだろう。じっさいインターネットでは書評やブログで本書についてのコメントが少なからず見られる。そして書き手はみんな饒舌である。本書が彼らのなかの何かに火を点けたようだ。本は読まないでもコメントできると説く本についてコメントすることをみんな楽しんでいるように見える。「この本は読んでいないが……」などと著者の主張を逆手にとってユーモラスにコメントする御仁もいる。こうした議論の流れを読者のうちにつくったことは著者としても本望だろう。本についての読者のコメントがそのまま著者の理論の実践でもありうるというのは、本書ならではのことにちがいない。

こうした反応を読者から引き出しえたことの裏には、この本が与える一種の安心感があるのだと思う。この安心感は、いうまでもなく、本書がわれわれを読書コンプレックス、教養コンプレックスから解放し、もっと自由に、もっと自分のことを語っていいのだと説いているところから来るものだが、おそらくそれだけではない。本書の内容はじつはそう簡単ではない。それはわれわれの読書習慣やものを書くときの姿勢を根底から大きくゆるがすものである。「内なる書物」などという鍵概念ひとつとってみてもそれは明らかだろう。本書がもたらす安心感は、むしろ過激とすらいえる理論をできるだけ敷居を低くして、噛んで含めるように説くその「語り口」から来るものでもあると思われる。

本書は一面においてディダクティック（教育的・啓蒙的）である。著者は、整然たる構成のもと、構想したプランに忠実に、淡々と論を進める。かといってそれは、読者に不断の注意や緊張を強いるような「切りつめた」書きかたではない。著者は議論の途上で中心的テーゼを何度も繰りかえし述べる。まさに「噛んで含めるように」言い聞かせるのである。したがって読者は、たとえ本書を飛ばし読みしても、議論の本道から外れることはまずない。本書にはしっかりした主題があり、それはさまざまなエピソードをつうじて「変奏」されるが、主題が見失われることはけっしてない。それはリフレインのように何度も戻ってくる。この抜群の安定感が読者の安心につながるのではないかと思う。本書は、内容の抽象性や過激さにもかかわらず、人に「やさしい」本なのである。

もうひとつの理由はおそらく読者サイドにある。この本には、誰もがものを書くインターネット時代の読者の関心にフィットする何かがある。この時代は、テレビ・ニュースの街頭インタヴューで主婦や子供が臆することなく意見を述べる「一億総評論家」時代でもある。いや、カフェでも、スポーツクラブでも、病院の待合室でも、バス停でも、老若男女が時事ネタや芸能ネタについてコメントする。もちろんツイッターもある。これを使えば発信したことは瞬時に「拡散」される。本についての情報を得るのも簡単だ。パソコンやスマートフォンのキーを叩くだけで広大な「共有図書館」が目の前に展開する。電源が確保されているという条件で、人は一時代前には考えられなかったほど「物識り」になれるのである。こんな時代に、多くの人間は本をていねいに読む暇などないし、またその必要も感じない。立ち読み、盗み読み、斜め読みはむしろ常態である。しかもコメントする機会は無数にある（たとえそれがしばしば「つぶやき」でしかないとしても）。つまり彼らはピエール・バイヤールの教えをすでにある程度実践している人々なのだ。そんな彼らが、バイヤールの本のなかに自分たちの行動の「理論的裏づけ」を発見し、彼を「われらの理解者」と感じたとしても、何の不思議もないのである。

この時代が書物一般にとっていい時代だとは思わない。おそらくバイヤールも同感だろう。しかし書物はしぶとく生きつづけるだろう。本書は、そうあることを願う者の〈知恵〉が生み出した一冊だともいえる。

文庫版の刊行にさいしては、筑摩書房編集部の平野洋子さんのきめ細かなサポートをいただいた。心よりお礼を申し上げたい。

二〇一六年八月

大浦康介

本書は二〇〇八年十一月、小社より刊行された。

知的トレーニングの技術〔完全独習版〕　花村太郎

お仕着せの方法論をマネするだけでは、真の知的創造にはつながらない。偉大な先達が実践した手法から実用的な表現術まで盛り込んだ伝説のテキスト。

思考のための文章読本　花村太郎

本物の思考法は偉大なる先哲に学べ！　先人たちの思考を10の形態に分類し、それらが生成・展開していく過程を鮮やかに切り出す、画期的な試み。

「不思議の国のアリス」を英語で読む　別宮貞徳

このけたはずれにおもしろい、奇抜な名作を、いっしょに英語で読んでみませんか――『アリス』の世界を原文で味わうための、またとない道案内。

さらば学校英語　実践翻訳の技術　別宮貞徳

英文の意味を的確に理解し、センスのいい日本語に翻訳するコツは？　日本人が陥る誤訳の罠は？　達人ベック先生が技の真髄を伝授する実践講座。

裏返し文章講座　別宮貞徳

翻訳批評で名高いベック氏ならではの文章読本。翻訳文を素材に、ヘンな文章、意味不明の言い回しを一刀両断、明晰な文章を書くコツを伝授する。

ステップアップ翻訳講座　別宮貞徳

欠陥翻訳撲滅の闘士・ベック先生が、意味不明の訳を斬る！　なぜダメなのか懇切に説明、初級から上級まで、課題文を通してポイントをレクチャーする。

漢文入門　前野直彬

漢文読解のポイントは「訓読」にあり！　その方法はいかにして確立されたか、歴史も踏まえつつ漢文を読むための基礎知識を伝授。　（齋藤希史）

わたしの外国語学習法　ロンブ・カトー　米原万里訳

16ヵ国語を独学で身につけた著者が明かす語学学習の秘訣。特殊な才能がなくても外国語は必ず習得できる！　という楽天主義に感染させてくれる。

言海　大槻文彦

統率された精確な語釈、味わい深い用例、明治の刊行以来昭和まで最もポピュラーで多くの作家に愛された辞書『言海』が文庫で。　（武藤康史）

ちくま学芸文庫

読《よ》んでいない本《ほん》について堂々《どうどう》と語《かた》る方法《ほうほう》

二〇一六年十月十日　第一刷発行
二〇一七年二月五日　第五刷発行

著者　ピエール・バイヤール
訳者　大浦康介（おおうら・やすすけ）
発行者　山野浩一
発行所　株式会社　筑摩書房
東京都台東区蔵前二―五―三　〒一一一―八七五五
振替〇〇一六〇―八―四一二三
装幀者　安野光雅
印刷所　三松堂印刷株式会社
製本所　三松堂印刷株式会社

乱丁・落丁本の場合は、左記宛にご送付下さい。
送料小社負担でお取り替えいたします。
ご注文・お問い合わせも左記へお願いします。
筑摩書房サービスセンター
埼玉県さいたま市北区櫛引町二―六〇四　〒三三一―八五〇七
電話番号　〇四八―六五一―〇〇五三

ISBN978-4-480-09757-6　C0198

（　）内は解説者。品切の節はご容赦下さい。

桐野夏生
白蛇教異端審問
常に時代の最先端を行く問題作を発表してきた著者が、直木賞前後から世間の理不尽との闘いまで日々の生活を書き綴った初のエッセイ集。ショート・ストーリー五篇も収録。（東野圭吾）
き-19-11

桐生　操
世界エロス大全
「悦楽」と「偏愛」と「禁断」の園
人間の欲望が生み出した快楽の宴。足専門娼家、乳房マニア、世界初の奴隷契約書、ロリータヌード写真、妊婦緊縛etc。世界中の「性」にまつわるエピソードで綴るオリジナル作品。
き-25-6

桐生　操
世界ボーイズラブ大全
「耽美」と「少年愛」と「悦楽」の罠
「少年愛は高貴な天上愛である」。精液授与、贅沢品としての快楽の子、美少年奴隷、ホモ・スキャンダル、男色処罰法、少年売春宿、江戸時代の陰間など、仰天エピソード満載！
き-25-7

久世光彦
ベスト・オブ・マイ・ラスト・ソング
末期の刻に一曲だけ聴くことができるとしたら、どんな歌を選ぶか——。14年間連載されたエッセイから52篇を選んだ〈決定版〉。小林亜星、小泉今日子、久世朋子の語り下し座談会収録。
く-17-7

宮藤官九郎
俺だって子供だ！
生まれたてなのに態度が部長クラスの娘「かんぱ」。その誕生から3歳までの成長を余すとこなく観察した、爆笑の子育て苦行エッセイ！　巻末にかんぱ（5歳）との盗聴親子対談を収録。
く-34-1

宮藤官九郎
いまなんつった？
セリフを書き、セリフを覚え、セリフを喋って早20年。人生の半分をセリフと格闘してきた宮藤官九郎が思わず「いまなんつった？」と聞き返したくなる名&迷セリフ111個をエッセイに。
く-34-2

劇団ひとり
そのノブは心の扉
テレビでは明るく振舞う売れっ子芸人の、悶々とした日常。好奇心で催眠療法を受けたり、初恋の人に会うも結末はなぜかうまくいかず……。「週刊文春」好評連載の決定版。（水野宗徳）
け-5-1

大宮エリー
生きるコント
毎日、真面目に生きているつもりなのに……なぜか、すべてがコントになってしまう人生。作家・大宮エリーのデビュー作となった、大笑いのあとほろりとくる悲喜劇エッセイ。（片桐　仁）
お-51-1

大宮エリー
生きるコント　2
笑ったり泣いたり水浸しになったり。何をしでかすか分からない〝嵐を呼ぶ女〟大宮エリーのコントのような爆笑エッセイ集、第2弾。読むとラクになれます。（松尾スズキ）
お-51-2

太田光代
奥さまは社長
爆笑問題・太田光と私
爆笑問題・太田光の妻にして事務所社長。強烈なキャラクターで人気上昇中の著者の、ほぼ書き下ろし文庫。過剰な愛と普通じゃない爆笑エピソードの数々。太田光のあとがきも収録。
お-53-1

角田光代
これからはあるくのだ
住んでいる町で道に迷い、路上で詐欺にひっかかるといった大ボケぶりのカクタさん。騙されても理不尽な目に遭っても自らの身に起こった事件を屈託なく綴るエッセイ集。（三浦しをん）
か-32-1

鏡　リュウジ
オルフェウスの卵
神話が語るもの、それはあなた自身の物語——今もっとも注目される心理占星学者が、東西の神話のモチーフに秘められた、現代人へのメッセージを読み解くエッセイ集。（渡部潤一）
か-40-1

川上未映子
世界クッキー
読んだあとはどこか世界が変わってみえる——体、言葉、季節、旅、本、日常やあれこれ。『乳と卵』で芥川賞を受賞し、話題作を発表し続ける川上未映子が放つ、魅惑のエッセイ集。

か-51-2

河野裕子・永田和宏
たとへば君《きみ》
四十年の恋歌
乳がんで亡くなった歌人の河野裕子さん。大学時代の出会いから、結婚、子育て、発病、そして死。先立つ妻と見守り続けた夫。交わした愛の歌380首とエッセイ。（川本三郎）
か-64-1

文春文庫

オトことば。

定価はカバーに表示してあります

2015年1月10日　第1刷

著　者　乙《おと》武《たけ》洋《ひろ》匡《ただ》
発行者　羽鳥好之
発行所　株式会社　文藝春秋

東京都千代田区紀尾井町 3-23　〒102-8008
TEL　03・3265・1211
文藝春秋ホームページ　http://www.bunshun.co.jp

落丁、乱丁本は、お手数ですが小社製作部宛お送り下さい。送料小社負担でお取替致します。

印刷・大日本印刷　製本・加藤製本
Printed in Japan
ISBN978-4-16-790285-8

講談社文庫

60《ロクジユウ》
誤判対策室

石川智健

講談社